AF188110

1

Gewidmet meiner lieben Sigrid, weil sie jedes Mal, wenn ich am Schreibtisch saß, auf meine Hilfe im Haushalt verzichten musste

In dieser bunten Sammlung von 11 sehr unterschiedlichen, meist skurrilen Geschichten kann man den blinden Fleck eines Rationalisten entdecken, das Tagebuch einer hundefernen Seele, die ein wenig bekehrt wird, die wahre Geschichte einer gespaltenen Stadt, einen Italiener, der deutscher ist als alle Deutschen, die verschiedenen Kombinationen von Lust und Geist, die biblische Rechtfertigung des Poeten, die Sehnsucht eines Wunsch-Revolutionärs, einen kinderlieben Träumer, der die Welt beglücken kann, ein altes Ehepaar, dessen Wert die anderen nicht erkennen, eine traurige, nicht erwiderte Liebe und eine Wanderung in die Tiefe der Vergangenheit. Welche ist welche?

Märchen, Lügengeschichten und andere Wahrheiten

von

Engelbert Manfred Müller

Bibliographische Informationen der Deutschen Nationalbibliothek:
Die Deutsche Nationalbibliothek verzeichnet die Publikation
in der Deutschen Nationalbibliographie, detaillierte bibliografische
Daten sind im Internet über http:/ dnb.dnb.de abrufbar.

© 2020 Engelbert Manfred Müller
Herstellung und Verlag:
BoD – Books on Demand Norderstedt

ISBN 9 783750 497306

Inhalt

Ein F davor und zwei dahinter

(Ein Märchen nicht nur für Kinder, sondern auch für Erwachsene, die noch nicht das Träumen vergessen haben. Weil es dabei um Weltpolitik geht, um die größten Probleme unserer Zeit: die Zerstörung der Umwelt, die Schere zwischen Arm und Reich, Krieg und Frieden. Man kann es aber auch zusammen mit seinen Kindern oder Enkelkindern lesen,)

1. Kapitel: Gelogen oder wahr?

„Post für dich!" sagte seine Mama und legte ihm einen roten Briefumschlag auf den Schreibtisch.

Bert freute sich. So konnte er seine Hausaufgaben zur Seite schieben. Er war ja bald fertig. Aber eine kleine Unterbrechung konnte nicht schaden. Und wofür hatte er den Brieföffner bekommen? Seine Großeltern hatten ihn aus Amerika geschickt. Er war aus schwarzem Holz. Der Griff zeigte einen glatten Fisch.

Bert steckte den Brieföffner in den Schlitz des Umschlags und öffnete ihn. Wer hatte ihm wohl den Brief geschrieben? Da fiel etwas heraus. Er wusste nun sofort, wer der Briefschreiber war. Das war doch ihr Geheimzeichen. Ein roter

Schuh mit einem Flügel dran. Aus Pappe geschnitten. Jeder von beiden hatte so einen. Seiner lag in der linken Schublade in seinem Schreibtisch. Den anderen hatte Hakan mitgenommen. Als er umgezogen war. Aber wieso steckte er nun in dem Brief?

Bert faltete den roten Briefbogen auseinander. Er erkannte sofort Hakans Schrift. Hakan schrieb in einer schönen Schreibschrift. Nur hatten manche Buchstaben einen kleinen Haken. Oder eine Öse. Die sah aus wie ein Schweineschwänzchen. Hanna hatte am Anfang immer darüber gelacht. Dann machte Hakan ein böses Gesicht. Später hatten sich alle an die Schwänzchen gewöhnt. Sogar die Lehrerin.

Und was schrieb ihm Hakan? Er benutzte wieder seinen silbernen Stift. So konnte man die Buchstaben auch auf dem roten Papier gut lesen.

Lieber Bert,
ich muss dir etwas erzählen, was du vielleicht nicht glaubst. Es stimmt aber wirklich: Vorgestern war doch Vollmond. Und bei Vollmond kann ich nicht gut schlafen. So stand ich auf und ging spazieren. Drei Häuser weiter steht ein altes grünes Haus. In dem ist ein kleines Museum. Da war ich schon mit meinen Eltern. Jetzt hing ein Zettel an der Tür. Auf dem stand geschrieben: *Bei Vollmond ein Tier wiederbeleben*. Die Tür stand offen. Ich ging hinein. Da lagen wieder die bunten Käfer in ihren Vitrinen. Daneben die Schmetter-

linge. Und der Fuchs, der Dachs, das Reh und das Wildschwein auf den Regalen. Und was glaubst du? Ich wünschte mir den Dachs lebendig. Da sprang er mit einem Satz von dem Regal. Er schnüffelte mit seiner langen Schnauze an meinen Beinen. Ich bekam einen Schreck und freute mich gleichzeitig. Plötzlich schlug die Uhr an der Wand einen Schlag. Ein Uhr. Der Dachs stand wieder auf dem Regal. Als wäre er nie heruntergekommen.

Is ich das Museum verließ, schlug die Tür hinter mir zu. Der Zettel war verschwunden. Ich ging nach Hause und legte mich ins Bett. Aber ich konnte lange nicht einschlafen. Ich habe noch keinem von dem Erlebnis erzählt. Du bist der erste, der davon erfährt. Du bist ja mein Freund. Was sagst du dazu? Schreibe mir doch mal! Und lege die beiden roten Schuhe mit den Flügeln in den Umschlag! Wer beide Schuhe hat, muss dem anderen schreiben. O.K.?

Viele Grüße,
dein Freund Hakan

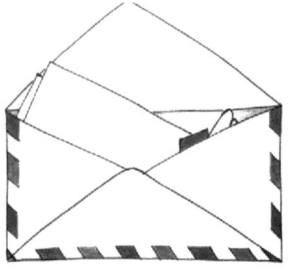

2. Kapitel: Mutig oder klug?

Am nächsten Tag musste Bert immer noch an den Brief von Hakan denken. In der Pause stand er alleine in einer Ecke des Schulhofs. Was sollte er Hakan schreiben? Bei ihm war ja nichts Neues passiert.

Plötzlich hörte er ein lautes Geschrei. Es kam von der Turnhalle her. Da standen viele Kinder zusammen. Bert ging über den Schulhof. Er wollte sehen, was da los war. In dem Kreis der Kinder standen Niki und Sven aus seiner Klasse. Niki stieß Sven gegen die Brust. Sven schlug Niki gegen den linken Arm. Da trat Niki Sven ans rechte Bein. Die anderen Kinder schrien:
„Gib es ihm, Sven! Lass dir nichts gefallen!"
Svens Gesicht war ganz rot. Er wollte sich auf Niki stürzen.
„Schämt ihr euch denn nicht?" hörte man nun eine laute Stimme. Alle kannten die Stimme. Sie war meistens leise und fast lieb. Und alle mochten sie. Alle wollten mit ihr spielen. Sogar die Jungen. Es war Hanna. In der Klasse saß sie neben Bert.

Die Kinder machten ihr Platz. Sie rief mit lauter Stimme:
„Sven, hör auf! Komm mal zu mir!" Sie packte ihn am Arm. Da sah sie Bert im Kreis der Kinder. Hanna rief laut:
„Niki, geh mal zu Bert!"
Bert packte Niki automatisch auch am Arm.

10

„So, ihr Streithähne!" rief Hanna. „Ihr seid wohl verrückt! Hier wird nicht zum Streiten angefeuert. Und hier wird nicht geschlagen und nicht getreten. Ich gebe euch jetzt fünf Minuten Zeit. Da könnt ihr euch beschimpfen. Mit Schimpfwörtern. Aber unter einer Bedingung. Ihr müsst die Schimpfwörter selber erfinden. Also los! Sven, fang an!"

Hanna schaute auf ihre Uhr und rief:

„Also! Es geht los, Sven! Fang an ihn zu beschimpfen!"

Sven war zuerst verdutzt. Dann schaute er wütend auf Niki und sagte: „Du blöder Hammel!"

„Halt!" rief Hanna. „Das Schimpfwort gibt es schon. Du musst ein neues erfinden. Also, mach schon!"

Sven überlegte. Dann leuchtete sein Gesicht. Er schrie:

„Du faule Tomatenschale!"

Die anderen Kinder lachten.

„Jetzt bist du dran!" Bert stieß Niki in die Seite.

„Was soll ich denn sagen?"

„Mensch, lass dir was einfallen!" riefen die andern Kinder.

„Du feuchte Nasenkröte!" kam es aus seinem Mund. Wieder lachten die anderen. Und dann ging es hin und her:

„Du schiefer Gurkenfuß!"

„Du stinkender Ohrenschleim!"

„Du dummer Schneckenfresser!"

„Du ätzende Zwiebelnase!"

„Du krummer Frittenfinger!"

„Du halbe Würstchenpelle!"

Dann mussten auf einmal beide lachen. Im gleichen Moment klingelte es auch. Die Pause war zu Ende. Die Lehrerin Frau Schlechtauge kam und fragte:

„Was ist denn hier los?"

Die Kinder antworteten:

„Nichts. Wir haben uns nur Witze erzählt."

„Na, dann geht mal in die Klassen!" meinte Frau Schlechtauge.

Bert stand nun neben Hanna. Er sagte: „Tolle Idee, Hanna! Du hast immer so tolle Ideen." Da wurde Hanna ein bisschen rot. Sie gingen zusammen in die Klasse. Der Musiklehrer Wolf kam mit seiner Gitarre. Sie lernten ein neues Lied. Es handelte vom Frühling.

3. Kapitel: Zwei oder drei?

In der nächsten Stunde hatten sie Sachunterricht.
Bei Frau Rotkirchen. Sie war ihre Klassenlehrerin.
Und ihre Lieblingslehrerin. Sie nannten sie immer
Rotkäppchen. Weil sie so nett war. Und seit ihrem
Geburtstag. Da hatte sie nämlich Kuchen mitgebracht. In einem Korb. Für alle Kinder. Wie Rotkäppchen im Märchen. Und Herr Wolf hatte Gitarre gespielt. Und die Kinder hatten gesagt: „Rotkäppchen und der liebe Wolf." Herrn Wolf fanden
sie nämlich auch nett. Nur nicht ganz so nett wie
Frau Rotkirchen.

Heute lernten sie weiter über Tiere im Wald. Sie
lernten in der Gruppe. In Berts Gruppe waren
Hanna, Clara und Peter. Sie erzählten sich über
Tiere im Wald. Die sie gesehen hatten oder gehört. Oder von denen sie gelesen hatten. Oder
die sie im Fernsehen gesehen hatten. Sie sollten
sich auf ein Lieblingstier einigen. Und dann den
anderen darüber berichten. Im Stuhlkreis. Peter
erzählte gerade von einem Wildschwein. Das
hatte er mit seinen Eltern gesehen. Als sie im
Wald spazieren gingen.

„Hast du das wirklich gesehen?" fragten die anderen. Sie konnten es kaum glauben.

„Ja, gar nicht weit von uns weg."

„War das nicht gefährlich?" fragte Bert.

„Nein, es ist weggelaufen, als es uns gesehen
hat", antwortete Peter.

In dem Moment fiel Bert wieder Hakans Brief ein. Er nahm ihn aus seiner Tasche. Er musste ihn noch einmal lesen. Hakan hatte von einem Dachs geschrieben. In dem Moment kam Frau Rotkirchen an ihren Tisch. Sie fragte: „Habt ihr euer Lieblingstier schon gefunden?"

Sie schaute Bert an. Bert schaute sie an.

„Euer Lieblingstier, Bert?" wiederholte Frau Rotkirchen.

Verwirrt stammelte Bert: „Dachs. Ein Dachs."

Hanna, Clara und Peter lachten.

„Nein, Frau Rotkirchen," sagte Hanna. „Wir nehmen wohl das Wildschwein."

„Und warum sagte Bert Dachs?"

„Ach, Frau Rotkirchen. Das sollte wohl ein Witz sein", sagte Hanna schnell. Frau Rotkirchen ging zu einer anderen Gruppe. Später erzählten sie im Kreis wirklich vom Wildschwein.

In der nächsten Pause fragte Hanna Bert: „Was hast du eben gelesen? Und wie kamst du auf den Dachs?"

Bert zog den Brief aus der Hosentasche. Dort hatte er ihn nun. Hanna las ihn.

„Das ist ja toll, was Hakan da schreibt. Aber glaubst du das?"

„Ich weiß nicht", antwortete Bert.

„Aber was ist das mit den Schuhen?" fragte Hanna.

„Ach, wir haben so eine Art Club. Geheimclub", antwortete Bert.

„Au, kann ich da nicht eintreten?" Hanna war begeistert.

„Naja", meinte Bert. „Ich kann Hakan ja mal fragen. Aber du müsstest dann auch einen Schuh oder ein anderes Zeichen haben. Nein, Schuh geht ja nicht. Drei Schuhe ist doch blöd."

4. Kapitel: Stab mit zwei Schlangen

Es war am späten Nachmittag. Bert fuhr mit seinem neuen Fahrrad. Er hatte es zu Weihnachten bekommen und war sehr stolz darauf. Vor allem auf die Gangschaltung. Die Sonne stand schon tief. Sie blendete Bert ein bisschen. Vor ihm lagen die Häuser von Oberdreispringen. Das war ein ganz kleiner Ort. Er hatte nur acht Häuser. Da gab es fast keinen Verkehr. Es ging bergauf. Da sah Bert eine Gestalt auf der kleinen Straße. Vor der Sonne sah sie ganz schwarz aus. Sie kam schnell näher. Und was war das? Hatte sie nicht Flügel am Kopf? Flügel wie Hakan und er an ihren Schuhen. An ihren Geheimzeichen. Die Arme der Gestalt standen weit ab. Sie kam sehr schnell näher. Fast als könnte sie fliegen. Schon war Bert bei ihr.

Nun sah er, dass es Haare waren. Haare, keine Flügel. Hatte er sich getäuscht? Bert hielt sein Fahrrad an. Den musste er sich genauer anschauen. Es war ein Mann mit breiten Schultern. Die Haare standen ihm weit vom Kopf. Wie vorher die Arme. Der Mann blieb auch stehen.

„Was willst du?" fragte er. Seine Stimme klang ein wenig rau. Aber seine Augen waren sehr lieb. Bert hatte keine Angst.

„Was willst du?" fragte der Mann noch einmal.

„Nichts", antwortete Bert.

16

„Und warum bleibst du dann stehen?" fragte der Mann. Seine Stimme war nicht ärgerlich. Nur etwas verwundert.

„Die Haare", meinte Bert. „Deine Haare."

„Was ist mit meinen Haaren?"

„Das waren doch vorher Flügel." Im selben Moment schämte sich Bert. Wie konnte er so etwas sagen? Der Mann würde ihn sicher auslachen. Doch er lachte nicht. Er schaute Bert mit seinen lieben Augen an und sagte: „Manchmal sind sie Flügel. Aber nur bei Vollmond."

„Ist der verrückt?" dachte Bert.

Dann fragte der Mann: „Wie kamst du denn auf Flügel? Das sieht nicht jeder."

„Die Flügel sahen aus wie die an unseren Schuhen."

„An euren Schuhen? Ich sehe keine Flügel."

Da erzählte Bert von ihrem Club und den Geheimzeichen. Er erzählte auch von Hanna. Der Mann hörte aufmerksam zu.

„Wie heißt du denn?"

„Bert. Und du?"

„Pfeiffer. Mit drei f."

Bert sah ihn fragend an: „Wieso drei f?"

Der Mann lachte. „Eins vor dem ei und zwei dahinter. So: Pfeiffer."

Er sprach die zwei f, als wenn die Luft aus einem Reifen zischte.

Bert überlegte. Dann musste er auch lachen.

„Ach so!" sagte er.

„Hör mal, Bert", sagte Herr Pfeiffer.

„Ja?"

„Du hast doch da von Hanna erzählt."

„Ja."

„Möchtest du sie gerne in euren Club aufnehmen?"

„Ja, aber ich weiß kein Geheimzeichen für sie."

„Was kann denn Hanna besonders gut?" fragte Herr Pfeiffer.

Bert überlegte. Er dachte an den Schulhof und Sven und Niki. Dann sagte er: „Streit schlichten. Sie kann gut Streit schlichten."

„Schau mal her!" sagte Herr Pfeiffer und öffnete seine Jacke.

Da war ein Stab eingenäht. Ein Stab mit zwei Schlangen.

„Wäre das nicht ein Geheimzeichen für Hanna?"

„Ja, das ist eine gute Idee. Ich werde Hakan davon schreiben."

„So, jetzt muss ich weiter", sagte Herr Pfeiffer. „Nach Hause. Da drüben wohne ich."

Er zeigte auf ein ganz kleines Haus. Es war das letzte Haus von Oberdreispringen. Direkt vor dem Wald. Es sah ziemlich ärmlich aus und ein bisschen verfallen.

„Wenn du willst, kannst du mich einmal besuchen. Am besten bei Vollmond."

Bert war überrascht und ein bisschen verwirrt. Bei Vollmond besuchen. Warum bei Vollmond? Dann schlief er doch. Und was würden

seine Eltern dazu sagen? Aber Hakan musste
er unbedingt davon erzählen. Oder schreiben.
Vielleicht auch Hanna.

5. Kapitel: Post von Hakan

Bert schrieb Hakan einen Brief. Er legte die beiden Schuhe mit Flügeln in den Umschlag. Jetzt wartete er gespannt auf Hakans Antwort. Eine Woche später kam sie. Hakan schrieb wieder auf rotem Papier mit silbernem Stift. Es war ein langer Brief.

Lieber Bert,
ich bin damit einverstanden, dass Hanna in den Club eintritt. Und die Idee mit dem Schlangenstab finde ich auch gut.

Ich möchte dich gerne in den Sommerferien besuchen und eine Woche bei euch bleiben. Geht das? Frag mal deine Eltern! Wenn schönes Wetter ist, können wir im Zelt schlafen. Ich bringe mein Zelt mit. In eurem Garten ist ja Platz.

Dieser Herr Pfeiffer ist sehr merkwürdig. Wir können ihn ja mal zusammen besuchen.

Aber jetzt muss ich dir eine neue Geschichte von dem kleinen Museum erzählen. Du weißt ja, dass ich bei Vollmond nicht gut schlafen kann. Also bin ich wieder zu dem grünen Haus gegangen. Wieder lag der Zettel da. Und wieder stand auf ihm: *Bei Vollmond ein Tier wiederbeleben.* Aber stell dir vor: Als ich in das Haus kam, waren alle Tiere von den Regalen verschwunden. Aber auf fünf Tischen lagen Bücher von Tieren. Von Tieren in der Tiefsee. Von Tieren in Eis und Schnee. Von

Tieren in Haus und Garten. Von Reptilien und Amphibien. Und von Dinosauriern. Das von den Reptilien und Amphibien fand ich am besten. Und am schönsten in diesem Buch war der Waran. Wie groß und gefährlich er aussah! Trotzdem wünschte ich ihn mir lebendig. Und was glaubst du? Plötzlich waren die Tische verschwunden. Und der Boden war aus Sand. Hinten stand ein großer Kaktus. Und in der Mitte kam ein großer Waran langsam auf mich zu. Ich bekam Angst. Und lief aus dem Museum heraus. Aber er kam hinter mir her. Da schlug die Glocke vom nahen Kirchturm eins. Der Waran war verschwunden. Ich war froh und ging nach Hause. Bald schlief ich ein. Kannst du dir das vorstellen?

Antworte mir bald!
Dein Freund Hakan

6. Kapitel: Endlich Ferien

Sie waren glücklich. Es war alles nach Wunsch verlaufen. Das Schuljahr war zu Ende. Sie hatten eine schöne Feier mit Frau Rotkirchen und Herrn Wolf gehabt. Am Ende der Feier hatten sie eine Schatzsuche gemacht. Der Schatz war eine Tüte mit Gummibärchen. Und Herr Wolf hatte mit ihnen ihr Lieblingslied von Rolf Zuckowski gesungen: Kinder haben Träume. Und dann gab es Zeugnisse. Hanna und Bert hatten viele gute Noten.

Und das Tollste: Hakan durfte eine Woche zu Bert kommen. Die Tage waren warm und die

Nächte auch. So konnten sie tatsächlich im Garten übernachten. In Hakans Zelt. Es war sehr groß, so dass sie auf die Idee kamen, auch noch Hanna einzuladen. Und Hannas Eltern hatten nichts dagegen. So schliefen sie nun zu dritt in dem Zelt.

„Welche anderen Tiere hast du denn noch in deinem Museum wiederbelebt?" fragte Hanna.

„Die Schmetterlinge", antwortete Hakan.

„Die Schmetterlinge? Alle?"

„Nein, nur die blauen."

„Waren es viele?"

„Neunzehn", gab Hakan zur Antwort. „Sie flogen alle um meinen Kopf herum."

„Seid mal still!" unterbrach Bert, der Hakans Geschichte schon kannte.

„Hört ihr das nicht?"

Sie lauschten nach draußen. Da schnaufte und schmatzte etwas. Einmal neben ihnen, einmal hinter ihnen. Was war das bloß? Sie hatten aber keine Lust nachzuschauen. Vielleicht auch ein bisschen Angst. Denn es war jetzt sehr dunkel im Garten. Hakan meinte, es könnte vielleicht ein Igel sein. Sie redeten noch eine Zeitlang darüber. Dann schliefen sie ein.

Plötzlich wurde Bert wach, weil er hörte, wie sich der Reißverschluss an ihrem Zelt öffnete. Jetzt war es nicht mehr dunkel. Der Vollmond leuchtete durch das kleine Fenster in der Zeltwand. Und

wer steckte da seinen Kopf herein? Es war Hakan, der von draußen kam.

„Was machst du denn, Hakan? Warum bist du nicht im Zelt?" fragte Bert schläfrig. Er flüsterte, damit Hanna nicht geweckt wurde.
„Ich kann nicht schlafen. Du weißt doch: Vollmond. Und es ist wirklich ein Igel. Ich habe ihn gesehen. Es ist ganz hell draußen."

In dem Moment drehte sich Hanna um und setzte sich auf.
„Was ist los? Was macht ihr?" fragte sie.
„Der Igel", flüsterte Bert immer noch. „Hakan hat den Igel gesehen. Sollen wir uns den Igel anschauen?"

Sie warfen ihre Decken zur Seite und schlüpften in den Garten. Hakan zeigte auf eine Stelle neben dem großen Kirschbaum. Da lag der Igel. Er hatte sich ein wenig zusammengerollt. Als hätte er Angst vor ihnen. Als Hakan ihn mit einem Stöckchen berührte, lief er langsam unter einen Strauch. Das sah niedlich aus.

Mittlerweile waren sie alle richtig wach.
„Und was machen wir jetzt?" wollte Hakan wissen.
Hanna und Bert schauten sich an.
„Ich weiß was", meinte Hakan. „Du hast uns doch von deinem Herrn Pfeiffer erzählt. Wollen wir ihn nicht einfach besuchen?"
„Jetzt?" Bert zögerte.

24

„Warum nicht? Da hinter dem Baum stehen unsere Fahrräder. Bei dem Mondlicht kann man ja prima sehen."

Bert war es ein bisschen mulmig zu Mute. Aber er wollte sich vor Hakan und Hanna keine Blöße geben.

Sie begegneten keinem einzigen Auto, bis sie in Oberdreispringen ankamen. Und hier war es ganz ruhig. Aus dem Wald hörten sie nur den Ruf einer Eule. Das war ein bisschen unheimlich. Sie lehnten ihre Fahrräder an einen Baum und gingen zu dem verfallenen Haus. Die Haustür war grün. Es hatte auch grüne Schlagläden an den Fenstern. Kein Licht war zu sehen. Der Mond schien genau auf das Fenster an der Rückseite. Es stand weit offen, und es ragte etwas heraus. Das sah fast aus wie ein Laufsteg.

Plötzlich sahen sie eine Gestalt auf den Laufsteg treten. Sie konnten es kaum fassen. Aber sie hatte tatsächlich Flügel an den Schuhen und auf dem Kopf einen silbernen Helm. Aus dem Helm ragten auch Flügel heraus. In dem hellen Mondlicht konnten sie alles deutlich sehen. Nun drehte der Mann an seinem Helm. Vorne war jetzt hinten, und hinten war jetzt vorne. Dann breitete er die Arme aus und flog schnell davon. Die Rampe verschwand nach drinnen. Und das Fenster schloss sich leise.

7. Kapitel: Innen anders als außen

Am nächsten Tag schliefen sie wieder alle drei in Hakans Zelt. Heute hatten alle ihre Trinkflaschen mitgebracht. Das hatten sie gar nicht verabredet. Aber sie hatten einen Besuch bei Herrn Pfeiffer verabredet. Hakan hatte die Idee, sie sollten ihn um ein Uhr besuchen. In der Nacht natürlich.

„Was um zwölf beginnt, ist meistens um ein Uhr vorbei. So ist das mit manchem Zauber. Ich kenne das ja auch von meinem kleinen Museum. Ihr könnt ruhig schon schlafen. Ich

26

schlafe ja bei Vollmond nicht ein. Ich wecke euch dann um halb eins. Dann fahren wir los."

Zuerst konnten Hanna und Bert auch noch nicht schlafen. Dann aber doch, weil sie den ganzen Tag im Schwimmbad gewesen waren. Da waren sie immer auf die lange Rutschbahn gestiegen. Langsam hinauf, weil die Treppe so voll war, und hui hinunter. Dann hatte das Wasser gespritzt, und sie hatten viel Spaß gehabt.

Hakan las die ganze Nacht. Er hatte eine Taschenlampe. Die brauchte man doch, obwohl der Mond wieder so hell schien. Es war immer noch Vollmond. Um halb eins weckte er Hanna und Bert.

Ihre Hemden und Hosen hatten sie gar nicht ausgezogen. So aufgeregt waren sie gewesen. Nur die Sandalen mussten sie noch anziehen. Dann stiegen sie auf die Fahrräder, hängten sich ihre Trinkflaschen um die Schultern und fuhren los. Hanna fühlte ihr Handy in der Hosentasche. Das hatte sie extra mitgebracht, als sie am Nachmittag zu dem Haus von Bert kam. Es beruhigte sie ein bisschen.

Sie lehnten ihre Fahrräder an einen Baum hinter dem Haus von Herrn Pfeiffer. Heute hörten sie nicht mal den Ruf der Eule im Wald. So gespannt und aufgeregt waren sie.

„Es ist schon kurz vor eins", meinte Bert. „Ob er wirklich kommt?"

„Schau mal! Das Fenster ist auf jeden Fall offen. Siehst du das?"

„Du hast Recht. Und man sieht auch die Rampe."

Der Mond sah fast so aus wie gestern. Nur ein ganz kleines bisschen weniger rund. Das konnte man kaum sehen.

Plötzlich sahen sie einen silbernen Punkt über den Bäumen, der sich rasch vergrößerte. Dann stand wie aus dem Nichts eine Gestalt auf der Rampe im Fenster. Sie sahen, wie sie den Helm auf ihrem Kopf drehte und nach drinnen verschwand.

„Und was jetzt?" wollte Bert wissen.

„Wir gehen zu ihm", antwortete Bert.

„Zu ihm? Man sieht ihn doch gar nicht mehr."

„Na, nach drinnen. Wir besuchen ihn. Das hatten wir doch vor."

„Ja, das stimmt", antwortete Hanna.

Die Rückseite des Hauses lag im Schatten. So musste Hanna mit der Taschenlampe die Tür beleuchten. Es war kein Namensschild zu sehen. Auch keine Klingel. Aber mitten auf der grünen Tür befand sich ein goldener Löwenkopf. In seinem Maul trug er einen schweren Ring aus Metall. Hakan griff nach dem Ring und schlug damit auf die grüne Tür. Da hörte man einen dumpfen Klang, als wenn dahinter eine riesige Halle wäre. Nicht nur ein

kleines mickeriges Häuschen. Hakan schlug noch einmal mit dem Ring an die Tür. Und wieder hallte es laut durch die Nacht. Die Kinder standen gespannt vor der Tür. Ihre Herzen klopften. Sie hörten, wie sich Schritte der Tür näherten. Die Tür öffnete sich, und vor ihnen stand −Herr Pfeiffer.

Bert sah, wie ihm seine Haare wieder weit vom Kopf abstanden. An den Füßen hatte er Socken. Die Schuhe hatte er also schon ausgezogen. Nun hängte er seine Jacke an einen goldenen Haken neben der Tür. Als sich die Jacke dabei ein wenig öffnete, sah Bert, dass sie innen mit einem großen Stab mit zwei Schlangen verziert war. Der Raum dahinter war hell erleuchtet. Fast waren die Kinder ein wenig geblendet.

„Ach, Bert, das ist ja schön, dass du mich einmal besuchst. Wen hast du denn da mitgebracht?" sagte Herr Pfeiffer mit seiner rauen Stimme. Dabei leuchteten seine Augen freundlich.

Bert stellte seine Freunde vor, und Herr Pfeiffer setzte sich mit ihnen an einen runden Tisch aus Glas, vor dem gemütliche weiße Sessel standen. Während er aus einer Vitrine große blaue Gläser holte und ihnen Limonade einschüttete, sahen sich die Kinder erstaunt um. Der Raum war so groß. Das hätte man gar nicht gedacht, wenn man das Haus von

außen sah. Fast sah es innen wie in einem kleinen Schloss aus. Überall standen hohe Schränke aus Holz und Glas. Und in den Schränken lagen tausend interessante Sachen.

Herr Pfeiffer sah, dass die Kinder sich neugierig umschauten. Er führte sie zu den einzelnen Vitrinen und erklärte: „Dieser Würfel, der aussieht wie Glas, ist ein Salzkristall aus der Wüste. Das da, was so bunt glänzt, ist versteinertes Holz aus Argentinien. Diese Lampe aus dem hellen Holz mit den vielen Löchern stammt von einem Riesenkaktus in Chile. Und die weißen Hocker vor dem Kamin sind Wirbel von einem Wal, der gestrandet ist. Da an der Wand hängt eine Friedenstaube aus bunten Wollfäden. Und der glänzende schwarze Stein ist Obsidian aus Mexiko. Das habe ich alles von meinen Reisen mitgebracht. Manches bekam ich geschenkt von den Leuten, denen ich geholfen habe. Anderes habe ich selber gefunden.“

„Welchen Leuten helfen Sie denn? Und was machen Sie da?“ fragte Hanna und stellte ihr blaues Glas wieder auf den runden Tisch.
„Ganz verschieden“, antwortete Herr Pfeiffer mit seiner rauen Stimme. „Morgen fliege ich zum Beispiel zu Indianern in Brasilien.“
„Zu Indianern? Richtige Indianer? Gibt es die überhaupt noch?“ fragte Bert mit Zweifel in der Stimme.

„Natürlich gibt es Indianer. Nicht solche, die man aus den Cowboy-Filmen kennt. Nicht mit Federn auf dem Kopf. Aber schon richtige Indianer. Wenn ihr wollt, könnt ihr sie kennenlernen."

„Wir? Wie soll das gehen?" fragten Hanna, Bert und Hakan wie aus einem Mund.

Herr Pfeiffer lehnte sich in seinem weißen Sessel zurück und sagte:

„Eigentlich kann ich nur bei Vollmond fliegen. Aber jetzt ist Mitte August. Das ist die Zeit der Sternschnuppen. Und bei Sternschnuppen funktioniert die Sache auch. Also noch etwa eine Woche lang. In dieser Zeit kann ich euch mitnehmen. Wenn ihr morgen um halb zwölf hier seid, kann es losgehen."

Den Kindern stockte der Atem. Aber Lust hatten sie schon.

„Was müssen wir denn mitbringen?" fragte Hakan.

„Nichts", antwortet Herr Pfeiffer, „doch: Trinkflaschen könntet ihr mitbringen. Man muss dort viel trinken."

8. Kapitel: Wer ist schneller?

Am nächsten Tag standen sie pünktlich um halb zwölf vor der grünen Tür mit dem Löwenkopf. Schon unterwegs hatten sie drei Sternschnuppen vom Himmel fallen sehen. Der Mond war nun gar nicht mehr ganz rund. Jeder von ihnen hatte seine Trinkflasche umgehängt und einen kleinen Rucksack auf dem Rücken. Auf die Idee war Hakan gekommen. Denn Herr Pfeiffer hatte ihnen noch gesagt, sie sollten ihre Geheimzeichen mitbringen. Also hatten Hakan und Bert die Schuhe mit den Flügeln und Hanna ihren Stab mit den zwei Schlangen mitgebracht. Alles aus Pappe geschnitten und liebevoll angemalt. Und die konnten sie doch nicht die ganze Zeit in der Hand tragen. Außerdem hatte sich jeder ein Butterbrot in den Rucksack gesteckt und Hanna ihr Handy.

„Ach", sagte Herr Pfeiffer mit seiner rauen Stimme, als er die Tür öffnete, „Trinkflaschen sind gut. Dort kann man nämlich das Wasser nicht überall trinken."

Er hatte seine Jacke schon angezogen und auf seinem Kopf sahen sie den silbernen Helm mit den Flügeln. Nun ragte mitten aus dem Zimmer eine Rampe heraus. Sie führte durch das offene Fenster nach draußen.

„Bildet eine Kette! Und der erste gibt mir die Hand", sagte Herr Pfeiffer und stieg die Rampe hinauf bis zum Fenster. Die Kinder sahen jetzt wieder, dass seine Schuhe auch Flügel hatten, wie sein Helm.

„Ihr müsst euch aber gut festhalten. Aber ihr braucht keine Angst zu haben."

Sie bildeten jetzt eine Kette. Vorne stand Herr Pfeiffer auf der Rampe, dahinter Hakan, dann Hanna, und Bert zum Schluss.

In diesem Moment sahen sie alle eine Sternschnuppe vom Himmel fallen. Herr Pfeiffer drehte mit der freien Hand schnell seinen Helm um, und schon flogen sie alle in den dunklen Himmel, immer weiter und weiter. Dann wurde es auf einmal langsam heller. Sie sahen unter sich riesige Wälder, die wie Moos aussahen. Und feine silberne Linien. Als sie näher kamen, erkannten sie, dass die Linien riesige Flüsse waren, die sich durch die Wälder wanden wie endlose Schlangen. Daneben sahen sie hässliche rote Straßen, die schnurgerade durch den Urwald geschnitten waren, so breit wie eine Autobahn. Es sah aus, als wären es Wunden im Wald.

„Diese Straßen zerstören den Lebensraum der Waldindianer. Das darf nicht sein!" rief Herr Pfeiffer den Kindern zu.

Plötzlich landeten sie sanft auf einer Wiese mitten im Wald. Ringsumher standen große Hütten, und Kinder kamen angelaufen und redeten in einer merkwürdigen Sprache. Es klang, als würden Vögel zwitschern. Die Kinder waren alle nackt und betasteten neugierig die Kleider von Bert, Hanna und Hakan. Sie lachten dabei freundlich. Dann näherten sich langsam Frauen und Männer. Auch sie waren alle nackt. Manche trugen ein dünnes Band um die Hüften. Herr Pfeiffer sprach nun mit ihnen in ihrer Zwitschersprache.

In diesem Moment kamen drei Männer mit Bögen von der Jagd zurück. Sie trugen ein Wasserschwein zwischen sich. Und ihre Haare waren ganz rot gefärbt. Alle liefen auf sie zu und redeten schnell in ihrer Zwitschersprache. Dann zogen alle in einem langen Zug zu der größten Hütte. Dort saß ein Mann mit einem großen weißen Federbusch auf dem Kopf. Sein Gesicht war rot und schwarz bemalt. Im Mund hielt er eine lange Pfeife. Aus der stieg Rauch auf.

„Das ist der Medizinmann", sagte Herr Pfeiffer. „Er ist wichtiger als der Häuptling."

Dann zog Herr Pfeiffer seine Schuhe mit den Flügeln aus und legte die Jacke mit dem Schlangenstab dazu. Der Medizinmann rauchte heftig an seiner Pfeife, dass sie nur so qualmte, und redete in seiner Zwitscher-

sprache. Nun waren alle Frauen mit Babys auf dem Rücken auch noch dazugekommen. Das Wasserschwein wurde neben die Schuhe und die Jacke von Herrn Pfeiffer gelegt.

„Legt mal eure Zeichen dazu!" sagte Herr Pfeiffer.

Hanna packte ihren Stab mit den beiden Schlangen aus dem Rucksack, und Hakan und Bert jeder seinen Schuh mit Flügeln. Plötzlich lachten alle und klatschten in die Hände. Der Medizinmann stand auf und umarmte Herrn Pfeiffer. Die anderen Leute legten ihre Hände auf die Schultern von Hanna, Hakan und Bert und lachten.

„So, Kinder, wir müssen wieder nach Hause", sagte Herr Pfeiffer auf einmal.

„Und was passiert jetzt?" fragte Hakan.

„Das werdet ihr gleich beim Flug sehen", meinte Herr Pfeiffer. Sie verabschiedeten sich alle herzlich von den Waldindianern. Viele wollten einen Schluck aus den Trinkflaschen der Kinder haben. Dann lachten sie immer laut. Herr Pfeiffer hatte nun seine Flügelschuhe und die Jacke wieder angezogen, und die Kinder steckten ihre Geheimzeichen in ihre Rucksäcke. Dann fassten sie einander wieder an den Händen, Herr Pfeiffer setzte seinen Helm auf, drehte ihn und los ging es.

Als sie jetzt von oben auf den Urwald schauten, sahen sie, dass die roten Straßen völlig zugewachsen waren.

„Und was ist jetzt mit den Männern, die dort gearbeitet haben?" fragte Bert.

„Du hast Recht. Wir müssen einmal nach ihnen schauen", antwortete Herr Pfeiffer.

Er drehte ein wenig an seinem Helm, und kurz darauf landeten sie neben einem riesigen Bulldozer. Darauf saßen zwei Männer mit gelben Arbeitshelmen. Sie sahen ganz verzweifelt aus. Denn die Straße war verschwunden, und hohe Bäume und Sträucher und Schlingpflanzen hatten alles überwuchert. Da kam kein Bulldozer mehr durch. Man konnte fast sehen, wie schnell die Pflanzen wuchsen.

„Geht nach Hause!" rief ihnen Herr Pfeiffer zu. „Hier kommt ihr nicht mehr durch."

„Das sehen wir auch. Aber wie sollen wir das schaffen? Wir finden ja nicht einmal die richtige Richtung", riefen die Männer mutlos.

„Ich schicke euch Waldindianer. Die werden euch helfen. Aber dann kommt nie mehr wieder! Sonst wird es euch schlecht ergehen."

„Hier habt ihr unsere Trinkflaschen, damit ihr nicht verdurstet." Hanna war auf diese Idee gekommen. Aber auch Hakan und Bert gaben ihre Trinkflaschen ab.

Herr Pfeiffer drehte wieder kurz an seinem Helm, und sie sausten wieder nach oben, über den Urwald, die Meere, in die Nacht, bis sie wieder in Oberdreispringen landeten.

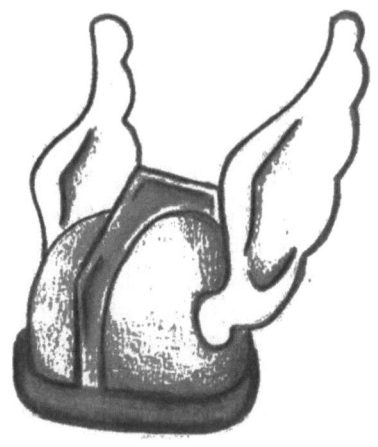

9. Kapitel: Hannas Idee

Am nächsten Tag spielten sie zusammen im Bach. Sie waren noch ein bisschen müde von der Nacht. Dabei hatten sie nach der Rückkehr sofort und sehr gut geschlafen.

Der Bach war hier nicht sehr tief, aber gerade so tief, dass ihre Boote in ihm schwammen. Mit ihren Gummistiefeln konnten sie trotzdem durch den Bach waten, ohne dass ihre Füße und Beine nass wurden.

„Sollen wir nicht zuerst zusammen einen Staudamm bauen? Dann können die Boote besser schwimmen." Bert hatte diese Idee.

Hanna und Hakan waren einverstanden. Sie suchten im Bachbett Steine zusammen und bauten damit einen Damm. Das Wasser konnte trotzdem noch weiter fließen, aber es wurde so gestaut, dass die Boote ohne Hindernis schwimmen konnten. Sie setzten sie immer unterhalb des kleinen Wasserfalls ein. Dann ließen sie sie um die Wette schwimmen. In jedem Boot saßen ein paar Figuren von Playmobil, die sie mitgebracht hatten.

„Ich baue noch einen Hafen", rief Hakan.

„Gute Idee!"

„Und ich baue einen Leuchtturm am Rand des Hafens", meinte Hanna.

„Ja, hier sind ja viele flache Steine", antwortete Bert, „und dann können wir zusammen am Hafen eine kleine Stadt bauen."

„Toll, ja, das machen wir!" Hakan war begeistert.

Mittags aßen sie ihre mitgebrachten Butterbrote. Die hatten sie ja noch von gestern. Sie hatten sie im Urwald nicht gebraucht. Jetzt hatte Hakan auf einmal Durst.

„Kann man das Wasser in diesem Bach trinken?" fragte er Bert, der ja in der Nähe wohnte.

„Nein, bist du verrückt?"

„Aber es sieht doch ganz sauber aus", sagte Hakan.

„Ja, es ist auch einigermaßen sauber. Aber vergiss nicht, dass hier Wiesen in der Nähe sind. Mit Kühen."

„Na und? Ist das schlimm?" wollte Hakan wissen.

„Na, die Kühe so nicht. Aber die schütten doch immer Gülle auf die Wiesen. Das stinkt dann fürchterlich. Und die Gülle läuft in den Boden", meinte Bert.

„Ich verstehe", sagte Hakan. „Und der Bach kommt aus dem Boden. Könnten wir nicht nachher neue Trinkflaschen kaufen? Die brauchen wir sicher wieder, wenn wir diese Nacht mit Herrn Pfeiffer fliegen."

„Ja, das machen wir", meinte Hanna.

„Warum machen die das mit der Gülle?" fragte Hakan. „Wenn das doch den Boden versaut. Das kann ich nicht verstehen."

„Die düngen damit die Wiesen, damit die besser wachsen", antwortete Bert. „Und der Pipi und die Kacke von den Kühen müssen ja irgendwo hin."

„Ja, aber Hakan hat Recht", meinte Hanna. „Die müssten sich was Besseres einfallen lassen. Die müssten einfach bessere Ideen haben. Vielleicht könnte man die Abfälle ja irgendwie verwerten."

„Unsere große Erfinderin!" spottete Bert. „Hast du denn eine Idee?"

Hanna dachte einen Augenblick nach. Dann sagte sie: „Im Moment habe ich keine Idee. Aber vielleicht werde ich einmal Wissenschaftlerin. Dann erfinde ich was."

Sie spielten noch bis in den Nachmittag in dem Bach. Dann nahmen sie ihre Fahrräder und fuhren zu Berts Haus. Von dort in den Ort, wo sie sich neue Trinkflaschen kauften.

Als sie am Abend wieder im Zelt lagen, sagte Bert: „Ich bin mal gespannt, wohin es heute mit Herrn Pfeiffer geht."

„Er hat doch schon gesagt, dass wir wieder Indianer besuchen. Aber keine Waldindianer", meinte Hakan.

„Welche denn?" fragte Bert.

„Hochlandindianer, hat er gesagt", meinte Hanna. „Mal gespannt, wie die aussehen."

10. Kapitel: Ein Gedankenblitz

Um halb zwölf klingelte der Wecker, den sie
sich gestellt hatten. Hakan hatte dieses Mal
auch geschlafen. Schnell hatten sie ihre
Rucksäcke umgeschnallt und sich auf die
Fahrräder geschwungen.

Als sie vor dem verfallenen Haus standen,
hörten sie wieder die Eule im Wald. Sie hatten

aber nun keine Angst mehr. Sie klopften mit dem Türklopfer an dem Löwenkopf. Herr Pfeiffer öffnete. Er wartete schon auf sie. Sie bestiegen die Rampe. Da sahen sie gleich mehrere Sternschnuppen vom Himmel fallen. Und schon ging es los.

Als die Dunkelheit langsam nachließ, sahen sie unter sich wieder die großen Wälder mit den hellen Schlangenlinien. Sie wussten nun, dass das Flüsse waren. Nun landeten sie aber nicht im Urwald. Sie flogen weiter und weiter. Bis sie auf einmal hohe Berge unter sich sahen. Ihre Spitzen waren mit Schnee bedeckt. Nun hatten sie die hohen Berge auch schon hinter sich, und das Land wurde wieder flacher.

Wie in einem Zoom näherten sie sich schnell dem Boden.

Die Landschaft sah hier fast aus wie eine Wüste. Nur niedrige Sträucher bedeckten den Boden und ab und zu ein hoher Kaktus. Plötzlich schob sich eine lange Schlange von merkwürdigen Tieren durch die Gegend. Sie hatten dicke Felle. Als sie bei ihnen landeten, sahen sie auf den Tieren große Körbe hängen. In den Körben standen Eimer und Kanister. Was wurde da transportiert?

„Ich kenne diese Tiere", sagte Hakan. „Das sind Lamas."

Plötzlich traten zwei Frauen hinter einem Kaktus hervor. Sie trugen runde Hüte auf dem Kopf, und eine hatte auf dem Rücken ein Tuch hängen. In dem Tuch hing ein kleines Kind. Es schlief.

Herr Pfeiffer sprach mit den Frauen. Da zeigten sie in die Ferne. Als die Kinder genau hinschauten, erkannten sie niedrige Hütten. Sie waren aus Lehmziegeln gebaut. Die waren braungelb. Man konnte sie kaum vom Boden unterscheiden.

„Da drüben ist das Dorf dieser Indianerinnen. Sie bringen Wasser zu ihren Häusern."

„Wasser?" fragte Bert erstaunt. „Warum drehen sie nicht einfach den Wasserhahn auf? Oder haben sie keinen Wasserhahn?"

„Doch", erklärte Herr Pfeiffer, „sie haben einen Wasserhahn im Dorf. Aber den können sie leider nicht benutzen. Jetzt müssen sie das Wasser immer von weit her holen."

„Warum können sie den Wasserhahn nicht benutzen?" fragte Bert.

„Das werdet ihr gleich sehen."

Nun waren sie bei den niedrigen Häusern aus Lehmziegeln angelangt. Die Frauen hoben die Körbe mit den Eimern und Kanistern von den Lamas. Herr Pfeiffer ging mit den Kindern hinter die Häuser. Dort sahen sie einen kleinen See mit grünlich-gelbem Wasser. Im ersten

Moment fanden sie ihn schön. Dann sagte Hanna:

„Sieht ein bisschen giftig aus, das Wasser."

„Das ist es auch", antwortete Herr Pfeiffer. „Das Wasser kommt aus einer Mine in der Nähe und vergiftet das ganze Wasser für die Leute in diesem Dorf."

„Das ist ja eine Schweinerei!" schimpfte Hakan.

„Ja, und deshalb müssen die Indianer jetzt ihr Wasser von weither holen. Ihr habt ja gesehen, wie mühsam das ist."

„Wozu ist eine Mine da?" fragte Bert.

„Eine Mine ist ein Bergwerk. Da wird Kupfer und Blei gefördert."

„Wem gehört denn die Mine?" wollte Hanna wissen.

„Einem Senor Holgazan. Und den werden wir jetzt besuchen."

Sie fassten sich wieder an den Händen. Herr Pfeiffer drehte an seinem Helm, und im niedrigen Flug erreichten sie ein grünes Tal. An seinem Rand stand eine prächtige Villa mit grünem Rasen und einer Veranda. Auf der Veranda hing eine Hängematte, in der ein dicker Mann lag. Er schaukelte langsam hin und her und rauchte eine dicke Zigarre. Ab und zu nahm er einen Schluck aus einem Glas, das neben ihm auf einem kostbaren runden Tisch stand.

„Was wollt ihr hier?" brummte der Mann, als sich die Kinder und Herr Pfeiffer der Veranda näherten.

„Sie sollen den Indianern das Wasser nicht vergiften!" rief Hakan laut.

„Welches Wasser? Welche Indianer? Was soll das?"

Nun schaute er missgelaunt aus der Hängematte heraus und nahm seine Zigarre aus dem Mund.

„Das Abwasser aus Ihrer Kupfermine verseucht das Wasser der Indianer. Nun müssen sie ihr Trinkwasser von weit her holen", erklärte Herr Pfeiffer.

„Na und? Die haben doch Zeit. Und was soll ich mit dem Abwasser machen? Ich kann doch die Mine nicht einfach schließen. Dann haben die Männer auch keine Arbeit mehr. Die arbeiten doch alle in meiner Mine."

„Da braucht man doch nur eine gute Idee zu haben, wie man das ändern kann mit dem Abwasser", meinte Hanna. „Strengen Sie sich doch mal an!"

Herr Holgazan schaute das Mädchen an, als käme es von einem anderen Stern.

„Wollen Sie nicht mal den Helm von Herrn Pfeiffer aufsetzen?"

Jetzt wurde das Gesicht von Herrn Holgazan fast wütend. Dann schaute er mit Neugierde auf den Helm. Ein Helm mit Flügeln! Wie seltsam!

„Was ist das für ein Helm?" fragte er mürrisch.

Herr Pfeiffer nahm den Helm von seinem Kopf und gab ihn Herrn Holgazan. Der drehte ihn hin und her und setzte ihn dann auf seinen Kopf. Plötzlich sprang er aus seiner Hängematte und rief:

„Da fällt mir etwas ein! Ich könnte das Abwasser weiter verwerten. Da ist ja noch Blei und Kupfer drin und andere Mineralien. Da kann ich ja einen Filter einbauen. Und noch mehr verdienen! Ja, das ist eine gute Idee!"

Er warf den Helm auf den Boden der Veranda und lief davon. Die Kinder riefen noch hinter ihm her: „Und geben Sie den Indianern was ab von Ihrem Geld!"

„Ja! Ja!" rief er und verschwand in seiner Villa. Herr Pfeiffer und die Kinder schauten sich an und lachten. Dann machten sie sich auf den Rückweg. Unterwegs kamen sie in einen ganzen Regen von Sternschnuppen.

11. Kapitel: Stille Post

Am nächsten Tag war es sehr heiß. Das Schwimmbad war voll. Sie fanden aber einen schönen Platz im Schatten unter der großen Eiche. Ein Junge aus Berts Klasse sagte, das Schwimmbad würde bald geschlossen. Die Stadt hätte kein Geld mehr. Da waren sie richtig erschrocken. Und ein bisschen wütend. Sie konnten es gar nicht glauben. So stiegen sie wieder auf die große Rutschbahn hinauf und sausten hinunter. Im Wasser tauchten sie um die Wette.

Danach legten sie sich in die Sonne, bis es zu heiß wurde. Sie aßen ihr Picknick, das sie mitgebracht hatten. Dazu tranken sie aus ihren Trinkflaschen Apfelsaft. Später schliefen sie ein bisschen auf der Decke. Sie waren nämlich noch müde von der Nacht.

Am Abend legten sie sich früh ins Zelt und schliefen bald ein. Der Wecker klingelte pünktlich um halb zwölf. Sie fuhren wieder zu dem verfallenen Haus und klopften an der Tür. Unterwegs hatten sie schon viele Sternschnuppen gesehen. Wohin ging es wohl heute?

„Heute wird es vielleicht etwas schwierig", sagte Herr Pfeiffer, als sie losflogen. Sie flogen über ein hohes Gebirge und dann über das Meer. Als sie niedriger flogen, sahen die Kinder viele Türme und Kuppeln. Auch Pal-

men gab es da. Es sah alles sehr schön aus. Sie landeten gleich hinter einer hohen Mauer. Auf beiden Seiten standen viele Leute. Erwachsene und Kinder. Auf der einen Seite standen Soldaten mit Gewehren. Auf der anderen Seite standen junge Männer mit Steinen in der Hand. Plötzlich fielen Schüsse. Gleich darauf warfen die jungen Männer Steine auf die andere Seite. Eine Frau wurde von einem Stein getroffen und schrie.

„Was macht ihr denn da?" rief Hanna. Sie konnte ja keinen Streit ertragen. Einer von den jungen Männern sagte: „Die schießen immer. Da müssen wir uns doch wehren."
„Und warum schießen die?" fragte Hanna.
„Weil wir Kinder einen Tunnel gebaut haben", sagte ein Junge mit ganz schwarzen Haaren.

Dann erklärte er, was los war. Hier war ein Fußballplatz. Da hatten die Kinder immer Fußball gespielt. Vor kurzem aber war eine Mauer gebaut worden. Nun war der Fußballplatz geteilt. Auf jeder Seite der Mauer lag ein Tor. So konnte man auch spielen. Aber nicht mehr alle Kinder zusammen. Manche wohnten im Westen der Mauer. Die anderen wohnten im Osten. Die Mauer trennte sie. Sie wollten aber alle zusammen spielen. Und wieder zwei Tore haben. Deshalb hatten sie eines Tages einen Tunnel gebaut. Unter der Mauer durch. Der Platz war zwar immer noch geteilt. Aber so konnten sie wenigstens zusammen-

kommen. Einmal spielten sie im Westen, einmal im Osten. Bis die Soldaten mit den Gewehren kamen und sie nicht mehr durch den Tunnel ließen. Die Kinder waren sehr traurig. Manchmal schossen die Soldaten in die Luft. Dann warfen die jungen Männer von der anderen Seite Steine. Alle waren sehr wütend. Und keiner wusste mehr weiter.

Hanna sah sich um. Hinter dem Platz stand ein schönes Gebäude mit einer Kuppel. Und ein schlanker Turm. Neben dem Turm stand eine Holzleiter.

„Helft mir mal mit, die Leiter an die Mauer zu stellen", sagte sie zu Hakan und Bert. Sie schleppten die Leiter an die Mauer. Hanna stieg hinauf. Die anderen staunten. Oben setzte sie sich rittlings auf die Mauer. Dann fing sie an zu reden:

„Hört endlich auf zu streiten!" rief sie laut. „Die Kinder wollen zusammen Fußball spielen. Warum lasst ihr sie nicht? Wir machen jetzt zusammen ein Spiel. Durch den Tunnel hindurch."

Zuerst waren die Erwachsenen erstaunt. Einige murrten. Dann hörten sie aber weiter zu.

„Die Leute im Westen bekommen jetzt eine Zauberjacke. Die Leute im Osten bekommen einen Zauberhelm. Gebt mir mal die Sachen herauf!" rief sie zu Herrn Pfeiffer und Hakan und Bert. Herr Pfeiffer grinste. Er wusste, dass Hanna sehr klug war. Bert und Hakan

brachten ihr die Jacke und den Helm auf die Mauer.

Hanna hielt die Jacke hoch und rief in den Westen: „Wer von euch ist der Chef?"
Ein Soldat meldete sich.
„Fang mal die Jacke auf!" rief sie ihm zu.
Dann warf sie die Jacke hinunter, und der Mann fing sie auf.
Jetzt rief sie zu den Leuten im Osten:
„Und wer ist bei euch der Chef?"
Ein großer junger Mann meldete sich.
„Fang den Helm auf! Aber sei vorsichtig! Er ist kostbar."
Der junge Mann fing geschickt den Helm auf.
Dann sagte Hanna:
„Wir machen jetzt zusammen ein Spiel. Du ziehst die Jacke an, und du setzt den Helm auf."
Einige Erwachsene murrten wieder. Einer rief: „Was soll der Quatsch?"
Doch nun riefen die Kinder auf beiden Seiten: „Spielen! Spielen! Spielen!" Dabei klatschten sie in die Hände. Und tatsächlich- die Erwachsenen gehorchten ihnen. Der Soldat im Westen zog die Jacke an. Der große junge Mann im Osten setzte sich den Helm auf seine schwarzen Haare.

„So, und jetzt bilden alle eine lange Kette. Durch den Tunnel hindurch", rief Hanna.

Sie gehorchten auf beiden Seiten. Auch Herr Pfeiffer, Hakan und Bert stellten sich in die Kette.

„Gut!" rief Hanna. „Und jetzt spielen wir Stille Post. Der Soldat im Westen flüstert seinem Nachbarn ein Wort ins Ohr. Und der seinem Nachbarn. Und immer so weiter. Bis das Wort bei der letzten Person in der Kette im Osten angekommen ist."

Wieder wollten einige Erwachsene nicht mitmachen. Aber die Kinder riefen wieder: „Spielen! Spielen! Spielen!" Da flüsterte der Soldat mit der Jacke seinem Nachbarn etwas ins Ohr. So ging es immer weiter, durch den Tunnel hindurch. Bis auf die andere Seite. Der Letzte in der Kette lachte.

„Was hast du verstanden?" fragte ihn Hanna.

„Humtata! Humtata!" sagte ein alter Mann, der am Ende der Reihe stand.

„Und was hast du gesagt?" fragte sie den Soldaten mit der Jacke.

„Humankapital", antwortete er laut.

Die Kinder lachten alle. Einige Erwachsene auch.

„Jetzt tauschen alle den Platz mit dem Nachbarn. Und der mit dem Helm ist dran. Los!"

Den Helm trug jetzt ein Mann mit einem langen Bart. Er flüsterte seinem Nachbarn ins Ohr. Und so ging es weiter.

„Was hast du verstanden?" fragte Hanna den Soldaten, der jetzt die Jacke trug.

„Wollen wir mal baden?" sagte er. Er musste schon ein bisschen lächeln.

„Und was hast du gesagt?" fragte Hanna den Mann mit dem Bart.

„Kollateralschaden", meinte er ernst.

Wieder lachten alle Kinder. Auch wieder einige Erwachsene.

So ging es weiter. Einer flüsterte: „Wohlstandsmüll." Am Ende der Schlange verstand man „Wurschterlmühle".

Als einer sagte: „Rentnerschwemme", wurde „Renn dich wärmer" verstanden.

Aus „Konsumopfer" wurde „Kostenkoffer", aus „Neiddebatte" wurde „Seidenplatte". Zum Schluss mussten wirklich alle lachen. Ein paar Soldaten wollten gar nicht mehr aufhören.

Hanna rief nun laut: „Seht ihr jetzt, wie wichtig Spielen ist? Auch für Erwachsene. Aber vor allem für Kinder. Deshalb müsst ihr jetzt ein Loch in die Mauer brechen. Damit die Kinder wieder alle miteinander spielen können. Damit sie wieder zusammen Fußball spielen können. Vielleicht wird ja eines Tages dann die Mauer abgerissen. Dann haben auch wieder alle einen Platz mit zwei Toren. Bis dahin könnt ihr einmal im Westen spielen und einmal im Osten. Aber alle zusammen. Also los! Brecht ein Tor in die Mauer!"

Und Hanna hatte Erfolg. Im Westen fing der Soldat mit der Jacke an. Im Osten ein junger

Mann mit dem Helm. Sie holten Hacken und schlugen ein großes Tor in die Mauer. Die Kinder jubelten. Und gleich darauf fingen sie an Fußball zu spielen. Einmal auf das Tor im Westen. Dann auf das Tor im Osten. Manche Erwachsene spielten auch mit. Ein Soldat sagte: „Ich glaube, wir müssen die Mauer bald abreißen." Da klatschten viele in die Hände.

Herr Pfeiffer hatte Freude in seinem Gesicht. Aber er sah müde aus. Auch später noch, als sie wieder zu Hause waren. Er legte sich sofort auf sein Sofa und schlief ein.

12. Kapitel: Ein einsamer Mann

Auch den nächsten Tag verbrachten sie wieder im Schwimmbad. Heute war es noch heißer. Und das Schwimmbad noch voller. Trotzdem kamen sie kaum aus dem Wasser heraus.

„Herr Pfeiffer sah gestern so müde aus, findet ihr nicht?" fragte Bert, als sie wieder auf ihrer Decke unter der Eiche lagen.
„Ja, das ist mir auch aufgefallen. Naja, er ist ja auch schon alt", antwortete Hakan. „Trotzdem bin ich gespannt, wo es heute hingeht."
„Ja", sagte Hanna, „und du sollst ja deinen Fotoapparat mitbringen, Bert."
„Ich weiß. Ich habe ihn schon in meinen Rucksack gesteckt."

In dieser Nacht schien der Mond gar nicht mehr so hell. Sie stellten wieder ihre Fahrräder an den Baum neben dem alten Haus. Dann klopften sie an Herrn Pfeiffers Tür. Es geschah nichts. War Herr Pfeiffer nicht da? Sie klopften noch einmal und noch einmal. Endlich erschien Herr Pfeiffer. Er sah wieder müde aus. Er sagte: „Entschuldigung. Ich war ein bisschen eingeschlafen."

Als sie auf der Rampe standen, warteten sie auf eine Sternschnuppe. Es dauerte etwas. Dann fiel tatsächlich eine. Sie flogen los. Bald sahen sie das große Meer. Ihr Flug dauerte

aber nicht so lange wie zum Urwald. Auf einmal sahen sie hohe Berge und einen Vulkan. Auf seinem Gipfel lag Schnee. Rauch stieg aus ihm auf. Danach schwebten sie über eine riesige Stadt. Am Rande der Stadt waren große Müllkippen. Sie flogen tiefer und sahen Kinder, die in der Müllkippe wühlten.

„Was machen die da?" fragte Bert.
„Sie suchen nach Essen", antwortete Herr Pfeiffer.
„Ih! Wie kann man so was machen!" rief Bert.
„Mach ein paar Fotos davon!" sagte Herr Pfeiffer.
„Warum?"
„Das wirst du gleich sehen. Mach auch ein paar Fotos von den Hütten dort!"

Neben den Müllkippen sahen sie nun riesige Mengen von Hütten. Sie sahen schrecklich aus. Manche waren aus Pappe, andere aus Blech. Andere aus einfachen Brettern. Viele Leute liefen zwischen den Hütten umher. Die Wege waren aus Lehm. Bert fotografierte alles. Aber warum? Das waren doch keine schönen Fotos!

Dann flogen sie wieder etwas höher. Über viele Berge kamen sie zu einem anderen Meer im Westen. Es hatte hohe Wellen. Hier war die Küste sehr steil. Nun ging es abwärts. Auf den hohen roten Felsen sahen sie viele schöne Palmen und andere Bäume. Alles war sehr

grün. Und oben auf den Felsen stand eine herrliche Villa. So ein tolles Haus hatten sie noch nie gesehen. Es bestand aus mehreren Gebäuden und war von einer hohen Mauer umgeben. Die Gebäude waren weiß, gelb und rosa. Es gab auch ein Schwimmbad mit ganz blauem Wasser. Und in der Mitte war ein großer Platz. Auf diesem Platz landeten sie nun.

Neben dem Schwimmbad stand ein goldener Sessel. Auf dem Sessel saß ein Mann in einem silbernen Gewand. Noch nie hatten sie so einen dicken Mann gesehen. Sein Kinn war kein Doppelkinn, es war ein Dreifachkinn. Seine Hüften schwappten über die Lehnen seines Sessels. Seine Finger sahen aus wie Würste. Er wurde von zwei Dienern gefüttert. Die trugen blaue Uniformen mit gelben Verzierungen. Eine Dienerin fächelte ihm Luft zu mit einer großen blauen Feder. Dabei stand der Sessel schon im Schatten. Unter einem Dach neben dem Schwimmbad.

„Wer seid ihr? Ich habe euch noch nie gesehen", fragte der unglaublich dicke Mann.
„Wir wollen Ihnen etwas zeigen", antwortete Herr Pfeiffer.
„Was soll das sein? Ich habe schon alles gesehen", schnaufte der Dicke.
In diesem Moment hörten sie das Knattern eines Hubschraubers über der Villa.
„Ach, schon wieder neue Säcke!" rief der Dicke. „Ich will nicht mehr!"

Er sah aus, als wollte er anfangen zu weinen.

Nun schwebte der Hubschrauber über dem Hof. Ein großer Sack wurde herabgelassen. Dann noch einer. Und noch einer. Insgesamt waren es siebzehn. Zehn weitere Diener in blauen Uniformen liefen herbei. Sie trugen die Säcke in eine große Halle. Die Halle lag auf der anderen Seite des Hofs. Ein Tor öffnete sich automatisch, und sie trugen die Säcke hinein. Die Kinder sahen, dass in der Halle schon viele Säcke standen.

„Was ist in den Säcken drin?" fragten die Kinder Herrn Pfeiffer.
„Geld, Geld, Geld. Herr Gordo ist der reichste Mann der Welt."
„Wie reich ist er denn?" fragte Hakan.
„Er hat über fünfzig Milliarden."
„Ist das wirklich viel?" fragte Bert.
Herr Pfeiffer sagte: „Legt mal im Geist viele 10-Euro-Scheine übereinander. Dass ein Turm entsteht, so hoch wie der Kölner Dom. Das sind dann 15 Millionen Euro. Aber Herr Gordo besitzt so viel Geld wie 3000 Kölner Dome übereinander. Stellt euch das mal vor!"
„Boh!" rief Hanna. „Dann könnte er uns wenigstens einen Kölner Dom abgeben."
Herr Pfeiffer lachte.

Nun flog der Hubschrauber weiter. Die Säcke waren alle verstaut. Herr Gordo hatte die ganze Zeit unruhig mit den Fingern auf die Leh-

nen des Sessels getrommelt. Nun konnte er endlich weiter essen. Ein Diener schob ihm einen Hähnchenschenkel zwischen seine dicken Lippen. Das Fett lief auf sein goldenes Gewand. Er merkte es gar nicht.

Da sah er die Kinder und Herrn Pfeiffer wieder. Er hatte sie ganz vergessen. Er winkte sie mit seinem Dreifachkinn heran und fragte: „Was wolltet ihr? Immer werde ich gestört. Von diesen Hubschraubern. Lästig!"

„Aber die bringen Ihnen doch Geld!" rief Hanna.

„Ach, Geld! Geld! Ich habe schon genug Geld!"

„Das stimmt allerdings", murmelte Herr Pfeiffer.

„Also, was wolltet ihr? Macht schnell! Ich muss essen."

Er wurde schon wieder gefüttert. Von einem der Männer in blauen Uniformen.

„Wir wollten Ihnen diese Bilder zeigen", sagte Herr Pfeiffer. Er schob Bert mit seiner Kamera nach vorne. Bert zeigte ihm die Bilder mit den Kindern auf den Müllbergen. Und die vielen dreckigen Hütten.

„Was soll das? In welchem Land gibt es so viel Dreck? Das ist ja eklig. Das kann einem ja den Appetit verderben." Herr Gordo runzelte zornig die Stirn.

Nun trat Hanna vor ihn. Sie fasste eine seiner fetten Hände und sagte: „Herr Gordo, das sind Bilder aus Ihrem Land. Wir finden es auch schrecklich, was man da sieht. Aber Sie haben doch so viel Geld. Wollen Sie nicht helfen?"

Herr Gordo hörte tatsächlich auf zu essen. Er sagte: „Das ist ja das Schlimme. Ich bekomme täglich mehr Geld. Ich kann machen, was ich will. Es vermehrt sich einfach. Immer werde ich damit belästigt. Ich habe schon so viele Fabriken mit meinem Geld gekauft. Aber mein Geld wird immer mehr. Ich will endlich meine Ruhe haben."

„Herr Gordo", sagte Hanna, „lassen Sie doch einfach Häuser für diese Leute in den Hütten kaufen. Und geben Sie den Kindern etwas zu essen. Dann vermehrt sich Ihr Geld nicht mehr so sehr. Und Sie brauchen es nicht einmal selbst zu machen. Das machen doch Ihre Diener für Sie. Wir können Ihnen von zu Hause Briefe schreiben. Darin machen wir Ihnen weitere Vorschläge."

Herr Gordo zögerte noch. Da sagte Herr Pfeiffer: „Senor Gordo, wollen Sie nicht einmal meinen Helm aufsetzen? Sie werden sehen. Er wird Ihnen sehr gefallen. Aber Sie bekommen ihn nur geliehen."

Herr Gordo schaute sich den Helm an. Sein Gesicht wurde ein bisschen neugierig.

„Geben Sie mal her! Komischer Hut!" brummte er.

Herr Pfeiffer setzte den Helm auf Senor Gordos Glatze. Fast wäre er heruntergerutscht, wenn Bert ihn nicht aufgefangen hätte.

Herr Gordo setzte sich nun ganz gerade und fragte: „Wie steht er mir?"

Die Kinder und Herr Pfeiffer antworteten gleichzeitig: „Wunderbar!" Innerlich mussten sie aber alle lachen.

Und dann war es wie ein Wunder. Herrn Gordos Gesicht wurde freundlich. Er versprach Hilfe mit seinem Geld und beauftragte gleich einen seiner Diener. Und die Kinder sollten ihm schreiben, wenn sie noch eine gute Idee hätten.

Plötzlich wurde Herr Gordo so müde, dass er einschlief. Als er laut schnarchte, nahm Herr Pfeiffer den Helm von Herrn Gordos Glatze. Sie fassten einander an den Händen. Und im Nu ging es wieder nach Hause, über die Berge, an dem Vulkan vorbei, übers große Meer.

13. Kapitel: Ein Geschenk

„Kommt morgen schon am Nachmittag!" hatte Herr Pfeiffer gesagt, als sie in der Nacht zurückkamen.

„Warum?" hatte Bert gefragt. „Ich dachte, Sie könnten nur in der Nacht fliegen."

„Das stimmt", hatte Herr Pfeiffer geantwortet. „Morgen fliegen wir auch nicht."

„Und was machen wir dann?" hatte Hakan gefragt.

„Das ist eine Überraschung. Kommt um vier am Nachmittag!"

So hatten sie den Morgen im Schwimmbad verbracht. Dort trafen sie auch viele Mitschüler. Auch Clara und Peter. Sie spielten Wasserball mit ihnen. Bert stand im Tor. Nach einem Picknick auf der Decke unter der großen Eiche fuhren sie wieder zum Haus von Bert. Und von dort nach Oberdreispringen. Was hatte Herr Pfeiffer wohl für eine Überraschung für sie?

An der Tür fielen ihnen schon drei Luftballons auf. Die hingen neben dem Türklopfer. Hatte Herr Pfeiffer vielleicht Geburtstag? Wie peinlich! Sie hatten nicht einmal ein Geschenk. Sie klopften mit dem goldenen Türklopfer gegen die grüne Tür. Dieses Mal machte Herr Pfeiffer sofort auf. Er schmunzelte, als er sie

sah. „Pünktlich wie die Maurer!" rief er. „Dann setzt euch mal erst!"

Bert, Hanna und Hakan setzten sich in die weißen Sessel an dem runden Tisch aus Glas. Überall hingen blaue, rote und weiße Luftballons. Herr Pfeiffer ging in den kleinen Raum nebenan. Das war wohl eine Küche. Dann kam er mit einem Tablett zurück. Es war schwarz und hatte Verzierungen aus Gold. Er stellte vier große Eisbecher auf den Tisch. Dann setzte er sich auch.

„Überlegt mal, welcher Becher für wen ist", sagte er und schaute sie mit seinen freundlichen Augen an.

„Der Becher mit dem Schlangenstab ist sicher für Hanna", meinte Hakan.

„Klar", meinte Herr Pfeiffer, „und der mit dem Flügelschuh ist natürlich für Bert. Und der mit dem anderen Flügelschuh für Hakan."

„Und der mit dem Flügelhelm ist für Sie. Haben Sie diese Verzierungen aus Schokolade gemacht? Das könnte ich nicht", sagte Hanna. Herr Pfeiffer lachte. „Nein, das könnte ich auch nicht. Aber ich habe eine Freundin. Die hat eine Konditorei. Die kann so etwas."

„Toll!" riefen die Kinder und ließen es sich schmecken. Das Eis schmeckte sehr gut.

„Heute ist ein besonderer Tag", meinte Herr Pfeiffer auf einmal.

Die Kinder schauten auf. „Sie haben doch nicht etwa Geburtstag?" fragte Hakan.

„Nein, nein, ich erkläre euch das nachher. Aber das eine sage ich euch schon einmal: In der nächsten Nacht fallen die letzten Sternschnuppen. Mit dem Fliegen ist es also vorbei. Bis zum nächsten Vollmond oder sogar bis zum nächsten Jahr. Zuerst will ich euch aber etwas zaubern."

Er fasste an Berts linkes Ohr und sagte: „Was hast du denn hier?"

Die Kinder sahen eine kleine leuchtende Kugel. Er hatte sie aus Berts Ohr gezogen.

„Das sieht ja aus wie eine Weltkugel!" rief Hakan.

„Ja, damit ihr euch besser auf der Welt auskennt."

Nun zog er auch bei Hakan einen kleinen Globus aus dem Ohr. Und dann bei Hanna. Die Kinder staunten. „Wie hast du das gemacht?"

„Ja!" lachte Herr Pfeiffer. „Einfach üben. Viel üben. Jetzt singt mal euer Lieblingslied!"

Die Kinder schauten sich an. Dann einigten sie sich auf „Papi, wach auf". Und sangen aus vollem Hals. Da zog Herr Pfeiffer aus Hannas offenem Mund ein weißes Tuch. Aus Berts Mund ein rotes und aus Hakans Mund ein blaues Tuch. Die Tücher hatten ein sehr schönes Muster.

„Die könnt ihr behalten. Als Andenken an mich."

„Als Andenken?" Bert wunderte sich. „Gehen Sie denn weg?"

„Könnte man sagen", antwortete Herr Pfeiffer. Und jetzt sah er wieder müde aus. Vielleicht sogar ein bisschen traurig. „Aber das erkläre ich euch nachher. Zuerst müsst ihr noch ein Rätsel lösen. Ach, vorher noch eine kleine Zugabe zum Zaubern. Legt mal eure Geheimzeichen auf den Tisch!"

Sie zogen die beiden Schuhe mit den Flügeln und Hanna den Stab mit der Schlange aus den Rucksäcken. Die hatten sie nämlich wie immer mitgenommen. Sie legten die Zeichen auf den Tisch. Herr Pfeiffer legte zuerst seine Hand auf Berts Flügelschuh. Als er sie wieder hob, lagen fünf Schuhe da. Dann machte er aus Hannas Stab fünf Stäbe. Einfach, indem er die Hand darauf legte. Und mit Hakans Flügelschuh geschah das gleiche.

Wieder staunten die Kinder. Herr Pfeiffer sagte: „Vielleicht findet ihr ja noch andere Kinder, die in euren Club wollen. Dann könnt ihr ihnen die Zeichen geben. Aber jetzt zu dem Rätsel!"

Er holte aus einer Vitrine seine Jacke, die Flügelschuhe und den Flügelhelm. Dann ging er zu einer Vitrine neben dem Fenster. Er nahm einen glänzenden schwarzen Stein heraus. Alles lag nun auf dem Tisch. Dann zog er aus seiner Hosentasche acht kleine Kärtchen. Die Kinder lasen darauf die Wörter *gefährlich, beweglich, hart, verrückt, klug, friedliebend, ausdauernd, schnell.*

„Zu dem Stein muss ich etwas erklären. Es ist ein Obsidian aus Mexiko. Er ist sehr hart. Aber ich werde ihn euch nachher schenken. Denn er hat eine besondere Bedeutung. Man kann mit ihm dieses Haus aufschließen. Man muss nur damit gegen den Löwen an der Tür klopfen. Dann wird sie sich öffnen. Auch wenn ich nicht da bin. Aber jetzt wieder zu dem Rätsel. Welche vier Wörter passen zu den vier Gegenständen? Und wie mussten wir sein, als wir unsere Flüge machten? Lest sie euch genau durch! Ich räume in der Zeit die leeren Eisbecher ab."

Er verschwand mit den Eisbechern in der Kochecke. Bert, Hanna und Hakan steckten die Köpfe zusammen und berieten sich. Sie wurden sich schnell einig. Nur bei dem Obsidian gelang es nicht sofort. Hakan wollte das Kärtchen mit dem Wort *hart* daneben legen. Hanna aber sagte:

„Der Stein ist natürlich sehr hart. Aber wir sollten doch auch überlegen, wie wir bei unseren Flügen sein mussten. Da mussten wir doch nicht hart sein."

„Aber ausdauernd!" riefen Bert und Hakan wie aus einem Mund. Die Kärtchen mit den Wörtern *gefährlich, verrückt, schnell* und *hart* legten sie also weg. Bert wollte zuerst das Wort *schnell* auswählen. Dann einigten sie sich aber doch auf *beweglich*.

„Herr Pfeiffer! Wir sind fertig."

Nun setzte sich Herr Pfeiffer wieder zu ihnen.

„Toll!" sagte er. „Alles richtig. Aber das hatte ich auch so von euch erwartet."

Dann machte er eine kleine Pause. Er lehnte sich zurück und sagte:

„Ihr habt es sicher schon gemerkt. Ich bin müde geworden. Deshalb fliege ich in dieser Nacht weg. Auf eine Insel in der Karibik. Um mich auszuruhen. Ich lebe dort in einer kleinen Hütte. So ähnlich wie hier. Aber viel einfacher. Auf dieser Insel ist es immer schön warm. Ich werde viele Kokosnüsse essen. Und Fisch. Und Wale beobachten. Die gibt es da nämlich. Vielleicht werde ich den einfachen Leuten helfen. Wenn sie das wollen. Dieses Haus aber gehört ab heute euch.

Bert, Hakan und Hanna schauten sich verwundert an. Sie waren auch ein bisschen traurig. Herr Pfeiffer gab ihnen den Obsidian. Und Bert steckte ihn in seinen Rucksack. Dann standen sie auf und verabschiedeten sich. Die Kinder sahen nun sehr traurig aus. Da sagte Herr Pfeiffer: „Wir werden uns natürlich schreiben. Und ich werde euch meine Schuhe, meinen Helm und meine Jacke schicken. Ihr könnt dann überlegen, was ihr damit macht. Ihr wisst ja, wie es geht."

(Die Zeichnungen verdankt der Autor seinen Enkelinnen Luca Felder und Clara Felder.)

Gassi mit Fabi

(Tagebuch einer hundefernen Seele)

Vorwort von Fabi

Ich kann mir eine Bemerkung über den ursprünglich geplanten ersten Teil des Titels nicht verkneifen. „Kacken mit Fabi"! Meinte der Autor damit einer vermeintlich modernen Schnodderigkeit huldigen zu müssen? Wollte er sich damit anbiedern? Aber bei wem? Oder unterlag er einem mir unverständlichen Ekel vor dem Alltäglichsten und Notwendigsten, was man sich nur denken kann? Wie hält er es wohl bei diesem Geschäft mit sich selber?

Ich hatte nie die Gelegenheit, ihn dabei zu beobachten. Wie alle Menschen, die ich kenne, schloss er sich dazu in einem dieser kleinen Kabinette ein, zu denen uns normalerweise der Zutritt verwehrt bleibt. Warum auch immer. Auf jeden Fall finde ich diesen Teil des Titels wenig dezent und auch überflüssig. Aber ich weiß: Schreiber haben da so ihre eigenen Vorstellungen, von denen sie kaum abzubringen sind.

Freunde des Autors empfanden den Titel „Kacken mit Fabi" als rüde, was ich teilweise verstehen kann. Nun bin ich ja selber ein Rüde, und einen gewissen Stolz darauf kann ich nicht verhehlen. Sie meinten aber nicht das Substantiv, sondern

das Adjektiv, das ja eine ganz andere Bedeutung hat, haben sollte.

Es kommt also nicht nur auf die Wortwahl, sondern auf die Wortartwahl an. Das zeigt wieder einmal die Wichtigkeit von Grammatik-Kenntnissen, von der ich selber überzeugt bin, die die Menschen aber unverständlicherweise seit einiger Zeit vernachlässigen.

Ansonsten muss ich anerkennen, dass der Autor sich Mühe gegeben hat mit seinen Zeilen. Außerdem mag ich ihn persönlich, wie auch seine Frau, die mir die ganze Zeit als der heimliche Chef erschien.

Er hat in diesem Text eine Verständnis-Annäherung geschafft, wie sie vielen Hundehaltern nicht möglich ist, die uns als ihresgleichen ansehen und behandeln oder wie unmündige Kinder oder als Prügelknaben für ihre verdrängten Aggressionen und Machtgefühle. Viele Gedanken äußert er aber auch, die mir fast verrückt erscheinen, und über manches muss ich noch nachdenken.

Leider werden unsere Fähigkeiten und unser Einfluss von vielen unterschätzt. Immerhin verhelfe ich dem Autor zu einer Veröffentlichung, die ihm vorher nie gelang. Deshalb stammt dieses kleine Vorwort auch von mir.

In skeptischer, aber wohlwollender Freundschaft,
Fabi (zertifizierter Rassehund)

Donnerstag, 1. Tag einer zweiwöchigen Fortbildungsveranstaltung:

Das hatte ich schon vorher gelernt: Ab einer gewissen Entfernung vom Ortszentrum überschreitet man die Grußgrenze, das heißt ab hier ist gegenseitiges Grüßen Pflicht oder unumgängliche Gewohnheit, ob man sich kennt oder nicht. Weil ich in dieser stillen Straße von Schildgen offensichtlich diese Grenze überschritten habe, werde ich von der Frau mit „Guten Morgen" gegrüßt, als ich an ihrem Vorgarten, wo sie gerade die Post aus dem Briefkasten holt, vorbeigehe.

Fabi, der Langhaarcollie unserer Tochter, den wir gerade für zwei Wochen hüten, weil sie mit der ganzen Familie eine Flugreise nach Ägypten unternimmt, bei der der Hund unzumutbaren Strapazen im Flugzeug ausgesetzt wäre, darf sich einer höheren Stufe des Begrüßungsrituals erfreuen. Da er zu den bekannten Persönlichkeiten der Umgebung gehört, wird er mit einem freundlichen Lächeln und der Nennung seines Namens bedacht.

Oder bin ich sogar nur gegrüßt worden, weil ich in Begleitung von Fabi bin? Eigentlich hatte ich gemeint, der Hund begleite mich. Über diese Rol-

lenverteilung würde ich in den nächsten Tagen noch öfter nachdenken müssen.

Ein Mann, der mir mit einem nahezu mikroskopisch kleinen Pinscher entgegenkommt, fragt mich schon von weitem mit einer krächzenden Stimme, die auf Kehlkopfkrebs oder Schädigung durch Kettenrauchen hinweist:

„Weibchen?"
Weibchen?
„Eh ...."

Welche Antwort wird da von mir erwartet? Ah, die Frage gilt wohl dem Geschlecht von Fabi. Mir fällt ein, dass Hunde ja ein Geschlecht haben, eine Tatsache, die für Hundebesitzer so bedeutend ist, dass sie von ihrem Liebling stets in der Er- oder Sie-Form reden, während bei mir, der aus einem hundefernen Milieu stammt, alle Hunde ein Er sind, da es ja der Hund heißt, so wie man auch der Stuhl sagt, und nicht je nach Aussehen der Stuhl oder die Stuhl. Während ich mich noch nicht ganz aus meiner Verwirrung herausgerettet habe, fällt mir glücklicherweise das richtige Wort ein, das meine Tochter manchmal benutzt:

„Nee, Rüde."

Schon ist die Sachlage geklärt. Was auch immer das heißt.

Mir fällt auf, dass Fabi an manchen Blättern mit spitzer Zunge leckt, als handele es sich um einen kostbaren Leckerbissen. Wahrscheinlich geht es dabei aber um Düfte, denke ich mir und rupfe im Vorbeigehen die Blüte eines Geißblatt-Strauchs ab, deren Duft ich besonders berauschend finde. Ich halte sie Fabi vor die Nase. Zu meinem Erstaunen scheint der Duft für ihn aber völlig uninteressant zu sein. Leben sie auf einem eigenen Duftplaneten, der sich total von unserem unterscheidet?

Freitag

Es regnet. Fabi hat keinen Bock. Habe ich vielleicht Bock auf diese unfreiwilligen Runden, in denen ich ständig mit dem Sortieren von Schirm, Hundeleine und Mantel zu tun habe? Fabi setzt sich mehrmals hin, um seinen Nullbock zu demonstrieren. Oder sind das Rangspielchen, denen er mich aussetzt?

Weil mir trotzdem das Ganze nicht so wichtig erscheint, gebe ich nach, lasse ihn die Richtung auswählen, zeige ihm aber mehrere attraktive Kackplätze im Unterholz, auch neben alten Scheißhaufen, so weit lasse ich mich auf sein Niveau herab. Es nützt aber alles nichts.

Ich habe keinen Erfolg damit. Er lässt sichtbar den Kopf hängen. Ist ihm meine Begleitung nicht gut genug? Ich muss zugeben, dass ich dies schon ein wenig wie eine Niederlage empfinde.

Als ich ihn zu Hause, auf der Treppe sitzend, mit einem Lappen aus der von meiner Tochter bereitgelegten Kollektion abtrockne, findet er das aber sehr gut. Auf jeden Fall lacht er, schaut mir ins Gesicht, als kenne er mich persönlich, und leckt mir sogar ein bisschen die Hand.

„Jetzt behandelst du mich ja so, als wäre ich Christiane oder Judith oder Luisa oder Peter."

Fast steigt so etwas wie Rührung in mir auf, die ich aber schleunigst zurückstopfe. Kaum habe ich die Namen seiner Familienangehörigen ausgesprochen, als er von seiner Decke im Wohnzimmer aufsteht und sich auf den Teppich unter dem Esszimmertisch legt.

Vielleicht ist das der Platz, an dem er die längste Zeit mit seiner Familie gemeinsam verbringt. Will er mir damit zeigen, wie sehr ich zweite Wahl für ihn darstelle? Dieser Hund!

Eigentlich sollte dieser Text den Titel „Ode an die Hundehasser" erhalten. Denn nach kurzer Zeit dämmerte in meinem Hirn die Erkenntnis „Hunde sind wie Adelige: degenerierte Sklavenhalter, die sich Menschen zu Diensten machen, weil sie ihre primitivsten Bedürfnisse nicht selber regeln können."

Allmählich ertappe ich mich aber immer mehr dabei, nach einem anderen Titel zu suchen, weil sich das Gefühl breitmacht, das sei zu hart formu-

76

liert. Nicht wegen der Adeligen. Ist da etwa ein Prozess im Gange, der sich mit Gehirnerweichung umschreiben lässt?

Bei der zweiten der heutigen Runden mit Fabi bleibt er mehrmals plötzlich sitzen. Um mir anzudeuten, dass der von mir eingeschlagene Weg nicht seinen Vorstellungen entspricht. Das scheint mir nicht instinktgeboren, sondern so, als handle es sich um reine Spielerei oder Machtspielchen, die er mit mir treibt.

Zweimal führt er mich dabei in eine Sackgasse, von der ich gehofft hatte, sie würde schließlich in einem Fußweg enden, über den wir unsere Runde fortsetzen könnten. Schließlich hat das Wort „Runde" etwas mit rund zu tun und nichts mit hin und zurück.

Der Gipfel der uneffektiven Frechheit wird erreicht, als er schließlich statt in einem der zahlreichen Kackwälder, die diesen Ortsteil umgeben, vor einem Vorgarten in die Hocke geht, die ich mich nicht traue, brutal zu beenden, da das Geschäft, das er dabei verrichtet, ja das Hauptziel meiner unfreiwilligen Wanderungen mit ihm darstellt.

Prompt werden wir erwischt. (Wieso benutze ich nun schon dieses „wir"? Ich bin doch schließlich hier nicht in die Hocke gegangen. Und ich bin ja nicht einmal der Besitzer dieses Tiers.) Eine Frau, die schon leicht misstrauisch hinter uns herge-

schaut hat, ruft gleichzeitig böse und erleichtert (erleichtert, weil wir uns so verhalten, wie sie erwartet hatte):

„Das müssen Sie wegmachen!"

Redet sie Fabi mit Sie an, oder meint sie ausschließlich mich? Als hätte ich die Untat begangen.

Mir kommt in den Sinn, wie oft ich mich darüber aufgeregt habe, dass Hundebesitzer so häufig unbewaffnet ihren Gang mit ihrem Liebling unternehmen, nicht bewaffnet mit einer Schaufel und einer Plastiktute, mit der sie das stinkende Geschäft ihres Schützlings aus der öffentlichen Nase und vor den öffentlichen Schuhen beseitigen können, wenn es denn so weit kommen sollte.

Und schließlich stellt diese Tat auch in unserer Stadt einen Ordnungsverstoß dar, der mit einer Buße von bis zu 200 Euro geahndet werden kann, wenn sich denn in Zeiten hoher Arbeitslosigkeit jemand in der Verwaltung finden sollte, der solches kontrolliert. Deshalb bemühe ich mich spontan, der Frau so freundlich wie möglich zuzurufen:

„Sie haben Recht. Ich komme gleich und mache das weg."

Während dieses Dialogs und während meiner tiefgründigen ordnungspolitischen Gedanken steht Fabi da, als gehe ihn das alles nichts an. Kurz darauf entfaltet er – offensichtlich vor einem anderen Rüden – noch eine böse Bellerei, während er – offensichtlich an einem Weibchen – hochinteressiert herumtanzt und herumschnüffelt.

Als ich ihm all dies zu Hause vorhalte, vor allem die Schweinerei vor dem Vorgarten, für die ich mich gleich mit Plastiktüten bewaffnen muss, um dann ihren stinkenden Inhalt eigenhändig nach Hause zu tragen, nach dem Aufsammeln, über dessen Ekligkeit ich gar nicht genau nachdenken darf, erscheint meine eigene Frau vor mir und tadelt mich.

Wie könne ich einem Hund denn durch meine Vorwürfe so ein schlechtes Gewissen bereiten? Da könne der Arme doch leicht einen seelischen Schaden davontragen! Wer aber macht sich Gedanken über die permanenten seelischen Schäden, die ich in diesen Tagen davontrage?

Nun ist es nicht so, dass Fabi sich gar keine Gedanken macht. Als wir am Abend mit Annette und Helmut nach Köln ins Kino fahren wollen, ist der Hund auf einmal verschwunden. Nachdem wir alle Zimmer im Haus abgesucht haben, finden wir ihn in Luisas Zimmer vor der Balkontür, von der man einen Blick auf die umliegenden Häuser und den Himmel hat. Sein Blick zeigt nach oben, wo er sich offensichtlich die Entwicklung der Wolken

anschaut. Dort braut sich nämlich etwas zusammen.

Hinter seiner Stirn aber ebenfalls. Denn vor Gewitter hat er fast so einen Respekt wie vor dem Feuerwerk zu Silvester. Da entpuppt er sich als ein regelrechtes Sensibelchen. Mit schlechtem Gewissen lassen wir ihn allein, in der Hoffnung, dass er wie immer bei solchen Gelegenheiten den Platz unter Peters Schreibtisch aufsucht. Auf jeden Fall wissen wir nun, warum in diesem Haus stets alle Zimmertüren geöffnet sind. Nicht nur ein Hauch von Freiheit, sondern auch stets offene Fluchtwege in alle möglichen Richtungen.

Samstag

Heute sind wir ziemlich schnell. Trotzdem dauert der Gang 1¼ Stunden, hinter dem Kalmüntener Friedhof links auf den Berg im Wald, dann weiter links ins einsame Waschbachtal. Es begegnet uns nur eine Frau mit einem kastrierten Rüden. Der existiert für Fabi gar nicht.

Die Frau mit der hübschen Figur und dem alten Gesicht in der Straße Am Waschbach lobt Fabi wegen seiner Freundlichkeit, womit sie sicher Recht hat. Ihr Hund, ein Weibchen, wie ich erfahre, nähert sich Fabi zuerst neugierig und scheinbar angetan, bellt aber plötzlich und unmotiviert, was die Besitzerin mit einer Ermahnung und der entschuldigenden Bemerkung quittiert:

„Die ist im Allgemeinen auch freundlich, muss aber manchmal etwas rumzicken."

Wie Eltern, die sich ihrer mangelnden Erziehungserfolge schämen.

Fabi leckt wieder mit zierlicher Zunge an bepissten Blättchen, so wie unsereins ein köstliches Eis löffelt, dazu schleckt er aus einem Bächlein, das vielleicht gar keins ist, sondern lediglich ein offener Abwassergraben, in welchen sich das Wasser aus einem Kanalrohr neben der Straße ergießt. Fabis Schlecken ist endlos. Das Abwasser muss eine Fülle von köstlichen Geschmäckern in sich vereinen.

Sonntag

Heute sind wir wieder im Waschbachtal. Unsere Schlüsselfrage ist jetzt immer:

„Kennen die sich?"

In meinem früheren, unbeschwerten hundelosen Dasein war meine Schlüsselfrage immer die nach dem Akzent des anderen gewesen. „Entschuldigung. Ich horche schon die ganze Zeit auf Ihren Akzent. Kommen Sie nun aus Berlin oder aus Sachsen- Anhalt?"

Und schon war ein intensives Gespräch über Dialekt, Herkunft und Lebenslauf im Gange. Wenn

ich hier einem anderen Hundebesitzer, der mir begegnet, die Frage stelle: „Kennen die sich?", brauche ich nicht auf die Tiere zu zeigen. Es ist sofort klar, dass sich die Kommunikation nur um die Hunde drehen kann, drehen darf, nicht etwa um irgendwelche belanglosen Menschen. Die Frau, der ich heute im einsamen Waschbachtal begegne, antwortet prompt auf diese Frage:

„Fabi?"
„Ja."
„Die mögen sich nicht besonders."
„Rüde?"
„Ja."
„Aber es ergibt sich gar kein wütender Kampf. Ist das nicht immer so bei Rüden?"
„Nur wenn einer zu respektlos ist."

Eine differenzierte Wahrnehmung und psychologische Verarbeitung der individuellen Verhaltensweise des anderen Hunds? Das hätte ich ihnen gar nicht zugetraut.

In dem Moment wird mir deutlich, dass die Stimme dieser Frau mich an jemanden erinnert. Ein deutlich wahrnehmbarer Charme, metallisch überhöht. Ach ja, die Frau meines Stiefbruders. Die hatte ich schon lange nicht mehr gesehen. Bedeuten die Stimmen den Menschen das, was Hunden die Gerüche bedeuten?

„Sie scheinen ja eine regelrechte Hundepsychologin zu sein."

„Das muss man ja schließlich."
„Ich interessiere mich mehr für die Ähnlichkeit mit den Menschen."

Jetzt konnte ich endlich meinen provozierenden Gedanken loswerden. Wie würde ein Hundebesitzer darauf reagieren?

„Gestern kam ich auf einen Spruch, den ich meiner Tochter nicht sagen darf."
„Schießen Sie los!"
„Hunde sind wie Adlige: degenerierte Sklavenhalter, die sich Menschen halten, weil sie ihre einfachsten Bedürfnisse nicht selber befriedigen können."

Ich erwarte einen heftigen Protest. Stattdessen:

„Stimmt. Aber nur hier, wo so viele Menschen auf einem Haufen leben. Wäre es einsamer, könnten sie auch ihre Bedürfnisse selber befriedigen."

Die Argumentation ist nicht ganz von der Hand zu weisen. Sind diese Hunde also nur deshalb degeneriert, weil wir Menschen in degenerierten, sprich unnatürlichen, Umständen leben?

Eine andere Frau, offensichtlich mit einem kastrierten Hund, begegnet mir. Wieder keinerlei Aggression zwischen den beiden Tieren. Meine obligate Frage:

„Kennen die sich?"
„Ich glaube nicht. Der ist schier fschemd."

Hatte ich mich früher damit beschäftigt, welche Stellung die Zungen östllich der Oder-Neiße-Linie bei der Aussprache eines r einnehmen, ob vielleicht zwischen dem Zungen-r und dem Rachen-r am Gaumen, was das r in ein groteskes sch verwandelt, so scheine ich nun dabei, die Weltsicht eines Hundes zu übernehmen.

Mir wird deutlich, dass ich nun ständig mit der Frage beschäftigt bin, wo man am besten schnüffeln kann, aus welcher Pfütze man am besten trinken kann, wo man unbedingt und wie man bellen muss, und vor allem: Wo hebe ich mein Bein, und wo gehe ich in die Hocke? Und vor allem wann.

Eine Frau mit einem rundlichen Bäuchlein und freundlichen Schlitzaugen versucht, ihren heftig bellenden Hund zu beruhigen. Entschuldigend meint sie:

„Der fühlt sich eingesperrt, weil er heute angeleint ist."

Ich will eigentlich das Gespräch auf Menschen lenken, als ich erwidere:

„So würde ich mich auch fühlen."
„Nicht wahr, wenn man nicht weg kann?"

Meint sie mich damit? Nein, sie denkt einzig und allein an ihren Hund.

Ich hatte gedacht, ich würde mit meiner Bemerkung ein wenig provozieren. Das gelingt aber keineswegs. Für sie ist die Menschenähnlichkeit etwas völlig Selbstverständliches. Sie scheinen alle viel mehr in der Psyche der Hunde zu Hause zu sein als in der menschlichen.

Manchmal scheint Fabi nicht nach Hause zu wollen. Dann will er nicht den Weg einschlagen, für den ich mich entschieden habe. Habe ich kein Recht mehr auf einen eigenen Willen? Auf jeden Fall ertappe ich mich dabei, dass ich schon Kompromisse mache.

Häufig wende ich aber auch den Alzheimer-Trick an, den unser Sohn Martin als Zivi erfunden hatte. Er betreute nämlich einmal einen Alzheimerkranken Alten, der in seinem Rollstuhl nach dem Spaziergang nicht nach Hause gefahren werden wollte, mit dem Argument:

„Dort wohne ich nicht."

Martin drehte ihn dann in seinem Rollstuhl einmal um sich selbst, woraufhin die Fortsetzung des Wegs in die gleiche Richtung ohne Weiteres möglich war.

Funktioniert dieser Trick bei Fabi nicht, so lasse ich beim Bocken einmal kurz die Leine etwas lockerer. Dann kann ich das alte Ziel wie selbstverständlich weiterverfolgen. Das erinnert ein wenig an die Erziehung von Pubertierenden.

Unterwegs habe ich ja immer genügend Zeit zum geruhsamen Nachdenken. Zum Beispiel über die Gespräche gestern bei Rolfs Geburtstag. Dabei überkommt mich plötzlich ein schreckhafter Gedanke:

„Sind die normalen Gespräche so viel bedeutsamer als die Gespräche der Hundefreunde untereinander?"

Ist die Frage, ob Karl der Große heiliggesprochen wurde, wirklich so viel wichtiger?

Oder die Frage, wo sich eigentlich genau die Kölner Südstadt befindet, und ob das eilige und ununterbrochene Googeln auf einem Eipott (oder wie das Ding heißt) wirklich die Lösung dieser weltbewegenden Frage bringen kann.

Wie aber bewerte ich die Erkenntnisse, die sich mir zwischen zwei oder vier Schnüffelecken aufdrängt: Dass Karl der Große wohl nur aus politischen Gründen, als Schachzug in der Machtfrage zwischen Kaiser und Papst, heilig gesprochen wurde oder werden sollte?

Und dass man das beim Googeln nur rauskriegen kann, wenn einem eine wissenschaftliche Bildung oder entsprechend viel Erfahrung im Umgang mit solchen Problemen zur Verfügung stehen. Genau wie bei der Erkenntnis, dass es Verwaltungsbegriffe wie Altstadt Süd und Altstadt Nord gibt und daneben inoffizielle Begriffe wie Südstadt und Altstadt.

Doch eines ist sicher: Das alles interessiert weder Fabi und Konsorten noch ihre Herrchen und –ja, wie heißt eigentlich das weibliche Pendant von Herrchen? Weibchen? Wohl kaum. Da käme es ja zu Verwechslungen. Wohl doch Hundefrauen. Oder? Ach, nein, jetzt weiß ich: Frauchen. Frauchen!

Von den Verkäufern in Textilgeschäften, die etwas auf sich halten, wird man ja immer als Herr und Dame bezeichnet. Müssten deshalb Hundebesitzer nicht eigentlich Herrchen und Dämchen heißen? Modernere, unkompliziertere Verkäufer reden auch von Männern und Frauen.

Dann wäre die Analogie bei den Hundebesitzern Männchen und Frauchen. Ist es aber nicht. Man merkt: Immer endet das Wortpaar in einer Schieflage. Und immer zuungunsten der Frauen. Verrät sich da eine konservative bis reaktionäre Haltung der Hundebesitzer?

Montag

Früher war es üblich, von Unterschicht zu sprechen, noch früher sogar von Asozialen, wenn man Alkoholiker, Arbeitslose und ungelernte Arbeiter meinte, die in anrüchigen Stadtvierteln wohnten. Nach den geistigen Umwälzungen der 60er Jahre sprach man von Unterprivilegierten, um deutlich zu machen, dass der andere Teil der Gesellschaft sich eigentlich –teils unverdienter- Privilegien erfreute.

Heute ist an diese Stelle das Wort „Bildungsferne Schichten" gerückt. In diesem Sinne könnte man in meinem Falle von einem Angehörigen einer hundefernen Schicht sprechen. Einem Menschen also, der durch sein mangelndes Verständnis für die wichtigste und selbstverständlichste Sache der Welt, nämlich die Haltung eines wie auch immer gearteten Hundes, kein Verständnis aufbringt, und der mit seiner erkenntnisresistenten Haltung immer noch Menschen in den Mittelpunkt des eigenen und auch des öffentlichen Interesses gerückt haben will.

Hundebesitzer wären somit auf Grund ihres richtigeren Weltbilds Privilegierte, die aber Schwierigkeiten haben, Menschen ohne Hund zu verstehen. Menschen also, die sich nicht vorstellen können, wie wichtig die Psyche eines Hundes ist, die über Hundebesitzer lächeln, wenn sie sie nicht sogar verachten oder auf sie schimpfen und die den Kopf schütteln, wenn sie sehen oder riechen, wie wichtig das tägliche Geschäft von Hunden in unserer Gesellschaft sein muss.

Die auch lächeln oder den Kopf schütteln über den Besitzerstolz des privilegierten Teils unserer Gesellschaft, für die Menschen nur eine untergeordnete Rolle spielen. Ich oute mich also hier offen als notorisches Mitglied einer hundefernen Schicht. Daher auch der Titel dieses Tagebuchs.

Heute ist Fabi voller Energie. Vielleicht weil Montag ist? Die Autos eilen ja auch wie nach einem Winterschlaf mit besonderem Effet durch die Straßen, als gelte es, alles durch unverzeihlichen Schlendrian am Wochenende Versäumte pflichtgemäß nachzuholen.

Früh bellte Fabi schon auffordernd, so dass ich mir die Morgentoilette verkniff, was mir nicht so viel ausmachte, da wir uns in diesem Stadtteil ja inkognito aufhalten. Er freut sich, als ich wie gewünscht auf seine Aufmunterung reagiere.

Vielleicht ist seine Freude aber auch darauf zurückzuführen, dass unsere besten Freunde, Helmut und Annette, nicht mehr da sind, ebenfalls Menschen aus einer hundefernen Schicht, die nach nichts rochen, sozusagen kynologische Nichtse darstellen, und die dazu noch die Unverschämtheit besaßen, uns zu einem Vivaldi-Konzert im Altenberger Dom zu entführen, wofür Fabi offensichtlich jegliches Verständnis abgeht.

Seine Abscheu wäre gewiss noch größer geworden, wenn er erfahren hätte, dass die Cembalistin aus Lettland unverkennbar das Gesicht eines

Kätzchens hatte, wenn es auch noch so hübsch und nett war.

Stattdessen drängte sich Fabi enthusiastisch an mich, als ich auf der untersten Treppenstufe im Flur saß, um ihm sein Halsband anzulegen, und versuchte, mir übers Gesicht zu lecken. Oder hatte er gemerkt, dass ich noch nicht gewaschen war?

Als ich ihm später das Halsband wieder abnehme, kommt es wieder zu dieser intimen Annäherung. Dieses Mal kann es nicht die Freude auf den bevorstehenden Spaziergang sein. Also doch der Versuch, mein ungewaschenes Gesicht zu reinigen?

Der ungewaschene Zustand hat mich eines Teils meiner Energie beraubt. Deshalb will ich heute einmal dem Hund die Führung überlassen. Und tatsächlich schnürt er zielstrebig durch die Straßen, in den Wald.

Kein Wiesenweg dieses Mal, aber auch kein Hinhocken, nur das fast gierige Schnüffeln an bestimmten Stellen. Riecht er dort eigentlich seine eigene Biographie oder den Lebenslauf oder Charakter von anderen Hunden?

Andere Düfte als die von Hunden lassen ihn offensichtlich völlig gleichgültig, wie mein Geißblatt-Experiment gezeigt hat. Oder liebt er als olfaktorischer Narziss und Monoman wirklich nur die ei-

genen Düfte? Wir Menschen haben ja leider den Kosmos der persönlichen Düfte seit langer Zeit als unanständig aus unserer Welt entfernt, durch intensives Waschen und Parfüms verdrängt.

Hoffentlich rächt sich unsere Natur nicht eines Tages, so dass wir in Mengen zu Personen mutieren, wie sie Patrick Süskind in seinem Roman „Das Parfüm" eindrucksvoll dargestellt hat. Das Erstaunliche bei Fabi: Alte Produkte des Hinhockens scheinen ihn auch nicht zu interessieren, von wenigen Ausnahmen abgesehen. Ich hätte vermutet, dass da alte Düfte viel intensiver konserviert sind.

Was seine selbstgewählte Route angeht, ist mir nicht klar: Zieht er eigentlich Achten oder Endlosschleifen vor? Vielleicht habe ich durch geringfügige Bewegungen der Leine ja doch gelenkt. Denn plötzlich drängt sich mir doch ein Ziel auf. Weil ich es ihm auf einmal nachtun will.

Ich beobachte an mir, dass ich auf der Suche nach einem imposanten Baum bin, wo ich mein Geschäft verrichten kann. Als ich dies verrichte, die Leine ängstlich und zugleich locker in der linken Armbeuge, zeigt sich, dass auch meine Verrichtung ihn absolut nicht interessiert. Wie gut, so dass ich so auch nicht in den Verdacht kommen kann, mich eines sodomistischen Exhibitionismus schuldig zu machen.

Andere Tierarten interessieren Fabi kaum, weder die Pferde auf den Weiden zwischen den Waldgebieten um Schildgen herum, obwohl sie sich manchmal neugierig nähern, wenn wir vor einem Zaun haltmachen, noch Tauben oder Amseln, die in den Gärten herumflattern. Und die dicken Nacktschnecken auf den feuchten Waldwegen schon gar nicht.

Nur wenn in der Ferne ein Hund auftaucht, hält er seinen Kopf zielgerichtet nach vorne, um frühzeitig erkennen zu können, um wen es sich handelt. Als wir heute am Zaun seiner geliebten Luna vorbeikommen, ist sie nicht zu sehen. Er hält sich nicht lange mit Schnüffeln auf, sondern scheint mehr an dem unsichtbaren Rivalen gegenüber interessiert zu sein.

Sein Atem wird stärker, fast hektisch, er knurrt, röchelt, dann bellt er, bis tatsächlich eine Antwort erfolgt, von einem Pinscher hinter einer dichten Hecke. Ist ihm Rivalität noch wichtiger als eine Liebesbeziehung?

Seine eigentlichen Interessen bleiben mir letztlich ein Geheimnis. Manche Hunde scheinen ihm sogar völlig uninteressant zu sein, ein Wollknäuel zum Beispiel mit Schnauzbart, das uns im Wald begegnet, und das paradoxerweise auch noch auf den Namen Luna hört, was Fabi aber auch nicht weiter irritiert.

Seine ganze Leidenschaft scheint wieder dem intensiven Pinkeln zu gehören, an Stellen mit Grasbüscheln und Brennnesseln oder anderem Unkraut, dessen Namen man nicht kennt. Hat meine Kleidung nicht auch schon den Geruch dieser Kräuter angenommen sowie den von nassem Hundefell? Kann ich vielleicht schon gar nicht mehr auf diesen Duft verzichten und werde langsam selber zum Hund?

Als wir uns im Zentrum auf dem schmalen Bürgersteig neben der Autoendlosschlange der Durchgangsstraße bewegen, tummelt sich Fabi ungerührt weiter in seinen parallelen Duftwelten. Was ist mir eigentlich lieber, das anonyme Endlosblech oder die stinkende Individualität eines Hundes, der meinen Tagesrhythmus bestimmt?

Eine Zeitlang hatte ich vor, diesen Zeilen den Titel „Bekenntnisse einer hundefernen Seele" zu geben. Dann fand ich, das klinge zu sehr nach Geständnis, als wenn ich eine verwerfliche Tat oder sonst etwas Unangemessenes zu beichten hätte.

Immerhin habe ich ihn mehrmals betrogen, wenn ich an das Wort „Leckerli" denke. Überhaupt „Leckerli"! Ist dieses Wort nicht verräterisch für unsere Gesellschaft oder wenigstens für die Gesellschaft der Hundebesitzer, die nicht mehr den Unterschied zwischen Mensch und Tier kennt, oder für die Hunde sogar die besseren Menschen sind?

Man sieht es oft in ihren Augen, wenn sie einem begegnen und Anerkennung heischend anschauen, nur weil sie einen Hund ausführen. Ihre Tiervergötzung wird nur noch von Reitern übertroffen, die leutselig von ihrem hohen Ross herab grüßen.

Oder hat es einfach mit einem Besitzerstolz zu tun, den ich auch schon bei mir entdeckte, als ich gestern Annette und Helmut gerne vorgeführt hätte, welche Kunststückchen der Hund für mich vollführt, das Stöckchenholen oder das Holen des Quietscheballs, für ihn ein Endlosspiel, und vor allem das Vorführen des Rucks, der durch seinen Körper geht, wenn ich mit dem Zeigefinger herrisch auf den Boden stakse, damit er genau dort seine befohlene Beute ablegt?

Hier funktioniert der Pawlowsche Reflex ohne Schwierigkeiten. Wo aber bleibt er bei dem Betrug mit dem Leckerli? Er müsste doch mittlerweile wissen, dass er nur dazu dient, ihn gegen seinen Willen ins Haus zu locken, wenn wir ohne ihn ausgehen wollen und ihn deshalb einsperren.

Ein wenig haben wir dabei ein schlechtes Gewissen, weil wir bei der Erziehung unserer Kinder nie solche Tricks angewandt haben, was allerdings dazu führte, dass auch sie unheilbar ehrlich wurden, damit vielleicht ein wenig weniger lebenstauglich als andere. Deshalb nehmen sie bis heute keine herausragenden Stellungen in der Gesellschaft ein.

Die Frau, die als Scheinriese hinter dem Törchen erscheint, weil sie wahrscheinlich auf einer Leiter steht, wird von Fabi angebellt, verbellt, ausgebellt. Nie weiß man als Hundeferner, welches der richtige Fachausdruck ist, dessen man sich zu bedienen hat. Scheinriesen werden jedenfalls als ungewöhnlich empfunden, lerne ich bei der Gelegenheit.

„Bellen" ist ein Ausdruck für Bildungsferne, Hundeferne. Spezialisten benutzen allenthalben Vorsilben: anbellen, ausbellen, verbellen. Wie die Verben anmachen, ausmachen, rübermachen, runtermachen von den Spezialisten unter den Feministinnen, Soldaten, Ostlern und Sozialpädagogen verwendet werden. Ob vielleicht überall da, wo geschnüffelt und gepinkelt wird, bleibt mir ein Geheimnis.

Erregende Geheimnisse scheinen sich an Heckenunterseiten und Bodendeckern wie Efeu zu verbergen, den zivilisierten Formen von Grasbüscheln und Brennnesseln. Immer ereignet sich dort der elegante Beinhub, nicht so peinlich erbärmlich wie die Kackstellungshocke.

„Hier ist ein Vogel, der hier nicht hingehört."

Eine mir wildfremde Frau redet mich so an, überspringt damit Barrieren, die eigentlich in dieser Stadt üblich sind. Es stellt sich heraus, dass sie auch einen Hund hat. Handelt es sich inhaltlich

und was die Barrierenlosigkeit angeht, also um das Kommunikationsniveau des Tierliebhabers?

Ihr Hund ist auch ein Bekannter von Fabis großer Liebe Luna, die gleich nebenan residiert. Dorthin muss Fabi noch einmal zurück, um sein Liebesseufzen von sich zu geben. Aber wieder ist ihm die Provokation des Rivalen von der gegenüberliegenden Straßenseite wichtiger und fällt ausgiebiger aus als sein Schmachten. Er scheint enttäuscht, dass der innig Gehasste sich nicht zeigt, so dass er seine gesammelten Aggressionen nicht loswerden kann.

Heute habe ich Fabi viel Raum gelassen zum selbstständigen Wegfinden. Er schaut sich aber auch schon einmal um, ob der von ihm eingeschlagene Weg in Ordnung ist. Zum Schluss will er den Weg verlängern, er scheint ihm zu kurz zu sein, obwohl er schon gähnt. Als ich ihn wie gewohnt mit dem Alzheimer-Trick austricksen will, funktioniert dieser schon weniger. Hat er in der kurzen Zeit dazugelernt? Alle Achtung!

Dienstag

Es wird mir deutlich, dass zwischen Fabi und mir ein Prozess der zunehmenden Identifikation abläuft, mit seinen eigenen Pannen. Heute will ich ihm was Gutes tun und führe ihn an seiner Geliebten vorbei, Luna, mit dem düsteren verkniffenen Gesicht, die aber offensichtlich andere, mir verborgene Qualitäten haben muss.

Sie ist zwar anwesend. Aber es wird nun noch deutlicher, dass die Liebe der Triebabfuhr durch Aggression weit unterlegen ist, dass erstere sogar vergessen wird, wenn der Rivale in Sicht ist. Bei diesem handelt es sich um ein als Rivale unverständliches kleines weißes Wollknäuel, welches sich heute dazu herablässt, persönlich anwesend zu sein.

Beide Kontrahenten bellen mit lustvoller Aggression, können nicht genug davon kriegen. Luna zieht sich resignierend in den Hintergrund zurück. Nach dem Weitergehen, welches mehr durch mich erzwungen bzw. suggeriert wird, ergibt sich kurz, wie sonst auch, eine kurze Rückkehr der wehmütigen Erinnerung an Luna, die ihn ein paar Schritte zurücklaufen lässt. Dieser Liebesanflug wird aber sofort wieder durch den wütenden Aggressionsreiz verdrängt.

An anderer Stelle ist meine Identifikation schon eher gelungen, hätte aber leicht zum Ausstoßen aus der menschlichen Gesellschaft führen können, wenn es nicht zufällig regnete. So kommt es lediglich zu einem verzweifelten „Nein" hinter den Scheiben eines Fensters in der 1. Etage eines Einfamilienhauses, als Fabi sich in der beschämenden Pose auf einen Splithaufen hockt, der wohl zum Bau eines Wegs in den Garten gedacht ist.

Zwar führe ich dieses Mal Tüten dabei, habe aber keine Lust, die stinkende Last aufzusammeln,

weit von zu Hause entfernt, und bei Regen zu transportieren, vor allem, wenn zwischendurch ein Regenschirmwechsel sowie ein Tütenwechsel erforderlich ist, von der einen Hand in die andere.

Und die Situation ergibt sich mit Sicherheit, da Fabis Leine einmal links, dann wieder rechts zu halten ist, weil ich ihm nicht zumuten kann, eine attraktive Schnüffelstelle zu verpassen. Nicht auszudenken, was alles passieren kann, wenn bei diesem komplizierten Jonglieren eine Panne passiert! Das kann man mir doch nicht zumuten.

Die Identifikation geht sogar so weit, dass der Gedanke „Sollen sich nicht so anstellen" in mir auftaucht, ausgerechnet in mir, der ich sonst solche Gedanken stets als abartig, unsozial, egoistisch verfemt hatte, wie die Zumutungen der Raucher. Wie ist dieser Zielkonflikt zu lösen? Müsste man einfach immer einen Kackrucksack dabei haben? Was mache ich mir Gedanken! Das muss schließlich meine Tochter lösen, nicht ich.

Der Gipfel der unverhofften und ungewollten Identifikation ereignet sich während eines Kurzbesuchs bei Malla und Freddi. Als Freddi sich in der Sprechanlage mit „Ja?" meldet, antworte ich tatsächlich mit einem Bellen.

„Wie soll ich das jetzt verstehen?" klingt Freddis Stimme zwischen Verunsicherung und Belustigung aus der Sprechanlage. Ich habe Angst, er würde auflegen, da er sich schon immer über

unangemessene Telefonanrufe geärgert hatte, deshalb antworte ich nun in Menschensprache:

„Kennst du meine Stimme nicht? Dann kennst du mich vielleicht auch nicht, wenn ich gleich an der Tür erscheine."

Hat er meine Stimme nun doch erkannt, oder ist er einfach neugierig? Als Fabi an der Tür erscheint, lässt seine Verblüffung erst richtig nach, als er hinter dem Hund noch meine Gestalt entdeckt. Und dann wieder: „Du hast vielleicht Ideen!" Hat er einen Moment doch überlegt, ob nicht vielleicht ein Hund bei ihm geklingelt hat?

Mittwoch

Heute frage ich mich plötzlich, ob dieser mysteriöse Hund insgeheim Lesen gelernt hat. Wir stehen vor einem Schild „Privatweg, Durchfahrt und Durchgang verboten". Und wie selbstverständlich will er hier umkehren, während ich noch überlege, ob das Schild wirklich ernst gemeint ist.

Vielleicht liegt der Unterschied zwischen Hunden und Menschen hauptsächlich darin, dass Menschen einmal erlassene Regeln oder Verbote auch wieder in Frage stellen können. Obwohl es viele Menschen gibt, die dazu kaum in der Lage sind. Sie sind aber doch trotzdem noch lange keine Hunde! Für die Hundebesitzerin, auf die wir vor dem Schild treffen, geht der Weg hier völlig selbstverständlich weiter.

Oder heißt das nur, dass Fabi besser lesen kann als sie? Da ich mich aber durch ihre Haltung bestätigt fühle, wende ich wieder einmal den Alzheimer-Trick an, drehe Fabi um 360 Grad, und wir betreten den Weg, der über weite Wiesen an einem einsam gelegenen Bauernhof vorbei führt.

Uns begegnet ein Fahrradfahrer, der den Weg wie selbstverständlich benutzt, und dann sogar einem Auto, in dem vielleicht die Besitzer des Bauernhofs sitzen. Keiner sagt etwas gegen unser widerrechtliches Eindringen. Am Ausgang des Weges findet sich überhaupt kein Schild, so dass man sich fragen kann, ob das Schild am anderen Ende vielleicht längst in Vergessenheit geraten ist und keinen mehr interessiert. Denn es kann doch kaum sein, dass der Durchgang auf diesem Weg nur in einer Richtung verboten ist.

Ich grüble auf jeden Fall noch eine Zeitlang über Sinn und Unsinn der Schilder in Schildgen oder in Schilda, als wir auf einen Waldweg geraten, an dessen Eingang gleich zwei Schilder nebeneinander stehen.

Das erste wurde offensichtlich von der Forstverwaltung aufgestellt und verbietet Fahrzeuge, Zug- und Reittiere auf diesem Waldweg. Gleich daneben sehe ich verblüfft ein Schild mit der Kennzeichnung „Reitweg". Ein Reitweg ohne Reittier? Wohl kaum. Dieses Mal reagiert Fabi überhaupt nicht.

Aus dem Wald klingen uns Motorsägengeräusche entgegen. Ich entdecke zwei Waldarbeiter mit Ohrenschutz. Sie schneiden – Kräuter ab, großes Springkraut mit seinen lieblichen süßlich duftenden Blüten. Weil sie nicht hierhin gehören und sich endlos vermehren?

Aber soll das eine Ausrottungsaktion sein? Nach dem Abschneiden wächst die Pflanze doch nur umso besser. Sie schneiden sie auch nur auf dem kurzen Stück Wiese ab, das hier den Reitweg von dem übrigen Waldweg trennt.

Bevor ich sie nach ihrer Tätigkeit frage, rede ich mit ihnen über die beiden Schilder am Anfang des Wegs. Sie kennen die Geschichten von den Schildbürgern nicht. Ich erzähle ihnen die von dem Boot, in dem die Bürger von Schilda auf den See hinausfuhren, um eine Glocke zu versenken, die sie vor den räuberischen Kriegstagen bewahren wollten. Damit sie sie nach dem Kriegsende wiederfinden, bezeichnen sie die Stelle am Boot, an der sie die Glocke hinunterlassen, mit einer Kerbe.

Die beiden Arbeiter lachen. Nein, das hatten sie noch nie gehört. Eine Erklärung für die beiden widersprüchlichen Schilder kennen sie auch nicht. Die Schilder waren ihnen noch nie aufgefallen.

Nun erfahre ich, dass sie vom Förster jedes Jahr den Auftrag erhalten, sich der Aktion zu widmen, mit der sie im Augenblick beschäftigt sind. Ihre

Firma, die in Kürten ansässig ist, besteht aus ihnen beiden. In Bergisch Gladbach kennen sie sich nicht aus. Das erwähnen sie wohl, weil sie nun ahnen, dass auch ihre Tätigkeit irgendwie im Reich der Schildbürger angesiedelt sein könnte. Auf jeden Fall bewahrt sie sie vor Arbeitslosigkeit.

Ich überlege, ob nicht zahlreiche sinnfreie Tätigkeiten unserer Zeit darauf zurückzuführen sind, dass die Schildbürgergeschichten in Vergessenheit geraten sind. Oder spielt vielleicht Korruption oder Gleichgültigkeit die größere Rolle?

Wenn in der Fußgängerzone in Gladbach einfach ein Brunnen verschwindet und der Bürgermeister mir auf Nachfrage erklärt, es handle sich nicht um einen Brunnen, sondern lediglich um ein Wasserspiel.

Und wenn das alte Naturpflaster beseitigt wird, um einem neuen Betonpflaster Platz zu machen, das dann zufällig aus der Firma eines CDU-Ratsherrn stammt.

Und wenn mit einem Mal alle – wirklich alle- Bäume in der Fußgängerzone beseitigt werden, nachdem der Bügermeister kurz zuvor den anfragenden Bürgern noch zugesagt hatte, dass kein Baum gefällt werde.

Und wenn im Bundestag eine Abstimmung während der Europa-Fußballmeisterschaft stattfindet, über welche sich anschließend alle Beteiligten

wundern, dass sie daran teilgenommen haben. Darin wurden die Meldeämter ermächtigt, die Daten der Bürger auch zu Werbezwecken zu verkaufen.

Huch, das habe ich abgestimmt? Wie der Wilddieb, der vom Förster gefragt wird, was das denn da auf seiner Schulter sei, woraufhin er einen Blick zur Seite wirft und erschrocken ruft:

„Huch, ein Reh!"

Der Unterhaltung mit den Waldarbeitern hört Fabi ungerührt zu. Sie scheint ihn nicht sehr zu interessieren. Bei meinen Gedankengängen, die sich daran anschließen, bin ich nicht sicher, ob er sie überhaupt für möglich hält.

Es begegnet uns eine Frau mit zwei schwarzen Pudeln. Den Rüden hält sie an der Leine. Er zeigt aber keinerlei Aggressionen.

„Meine Hunde sind ‚brav'", meint sie, als ich meine Verwunderung äußere.
„Nur die heißen Hündinnen! Haben Sie auch das Problem?"
Welches Problem sollte ich mit heißen Hündinnen haben?
„Ich weiß nicht, woran man erkennt, dass Hündinnen heiß sind."
„Die laufen dann einfach los und haben nur eins im Kopf."

Was wird das wohl sein, was die dann im Kopf haben?

Kurz vor zu Hause gibt Fabi ein Wiedererkennensbellen von sich. So scheint es mir zumindest. Freut er sich, dass wir wieder in heimatliche Gefilde kommen? Hat er eine Landmarke gesehen- oder gerochen-, die ihm die Nähe von zu Hause signalisiert? Oder hat er so etwas wie ein Messtischblatt im Kopf?

In der zweiten Runde – am Nachmittag – wollen meine Frau und ich Fabi einmal etwas Neues bieten, packen ihn in unseren Variant, was er anstandslos mitmacht, vielleicht weil unsere Überzeugung von der Notwendigkeit unseres Handelns suggestiv auf ihn wirkt, oder weil er früher schon unser Motorgeräusch interiorisiert hatte, so dass es ihm wie ein Teil unserer Personen vorkommt, und fahren zum Dünnwalder Wildpark.

Doch interessiert er sich weder für Wildschweine noch für Damhirsche, bellt nur anstandshalber, wenn ich ihn auf diese Säugetier-Kompagnons aufmerksam mache.

Auch die Erzählungen des Försters interessieren ihn nicht wirklich. Er drängelt aber trotzdem nicht, als ich auf der Bank mit dem Förster über den Förster Scheidler meiner Kindheit rede, den er noch kannte, und der meiner Mutter ein mildes Knöllchen gegeben hatte, als sie 1945 in der

Nacht einen Holzstamm klaute, statt schon wieder Kohlen am Bahnhof zu „fringsen".

Auch die Tatsache, dass ich damals als Dreijähriger für eine Küche sparte, um Elsbeth, das Töchterlein des Försters, heiraten zu können, lässt Fabi völlig kalt, ebenso das „Tschier" statt „Hier" des Oberschlesiers, den wir mit einigen seiner zahlreichen Enkelkinder treffen, und selbst die Verkäuferin im Eissalon, die den deutschen Knacklaut vor Vokalen am Silbenanfang nicht beherrscht und deshalb „acht Euro" ungewollt in die Klage „Ach, Teuro" umwandelt.

Wir aber freuen uns, dass das Wetter sich ein wenig gebessert hat, so dass es möglich ist, „unseren" Hund in unser Auto zu packen, ohne dass er innen gleich ein Schlammbad verbreitet.

Donnerstag

Es ist nicht zu übersehen: Bevor wir losgehen, beim Befestigen der Leine an seinem Halsband, schaut Fabi mir nun immer freudig ins Gesicht und versucht mir dieses zu lecken, was mich sofort daran erinnert, dass er mit derselben Zunge zärtlich die bepinkelten Blättchen an den Wegrändern umschmeichelt.

Ich gestehe aber, dass ich trotzdem in Versuchung komme, da sein Gesichtsausdruck eine Mischung von Dankbarkeit und Vorfreude zeigt, die mir schmeichelt, als sei sie mein Verdienst.

„Morgen, Fabi!"

So grüßt das hochbeinige weißblonde Frauchen im Wald ihn munter.
Dann, mit einem kaum merklichen Zweifel zu mir, wesentlich weniger herzlich:

„Das ist doch der Fabi? Die kennen sich."

Auch die nächste Hundebesitzerin, die mit dem Fahrrad unterwegs ist, scheint ihren Liebling zu Fabis alten Bekannten zu zählen. So erzeugt die Begegnung keinerlei Aufregung, nur intensives Scharren auf beiden Seiten. Manchmal brummt Fabi zusätzlich beim Scharren und blickt danach Anerkennung heischend umher. Wofür er Anerkennung will, bleibt sein Geheimnis.

Als wir an einem Gebäude mit der Aufschrift „Hundepension" vorbeikommen, lässt er ein kurzes Bellen ertönen, obwohl weder ein Hund noch ein Mensch zu sehen sind. Woher weiß er dann, dass es sich um eine Hundepension handelt? Kann er vielleicht doch lesen?

Fabi scheint mir ein typischer Rainkacker zu sein. Rain mit ai, wohlgemerkt. Er hat wohl wie auch die Biologen die Bedeutung des Rains erkannt, wo schon im Mittelalter die angeblichen Hexen (haguzissa) ihre Vielfalt an Pflanzen fanden. Heute spricht man von Diversität. Dort findet sich vielleicht auch eine größere Vielfalt an Gerüchen, die er zusätzlich durch seinen gelegentlichen selbst

produzierten Dünger befördert. Die Raine finden sich immer zwischen zwei weniger besiedelten Biotopen wie Wiesen oder Äckern oder Gärten. Große Wiesenflächen lassen Fabi kalt.

Schildgen war bezeichnenderweise schon früher ein Hexendorf. Heute findet man hier eine ausfransende Bebauung mit Bodenfalten und Dellen in den letzten Ausläufern des Bergischen. Manche Hügel sind nicht erklärbar. Verbergen sich Hügelgräber darunter? Immerhin liegt der alte Ort Paffrath in der Nähe.

An einen Rain, an dem Fabi wieder liebevoll verweilt, grenzt ein Kindergarten. Als ich noch darüber nachdenke, ob sich die Kinder nicht in Ferien befinden, kommen sie schon angelaufen:

„Wie heißt der?"

Der Name Fabi gefällt ihnen gut.

„Wir kommen bald in die Schule", verkünden sie stolz.
„Freut ihr euch?"
„Ja, wir kommen zusammen. Ich gehe aber vorher noch in ein Fußballcamp."

Ich frage das Mädchen neben ihm:

„Gehst du auch ins Fußballcamp?"
„Nein, Reitcamp."

So haben die Kinder heute alle viel zu tun. Trotzdem wünschen sie sich einen Hund. Der läuft dann für sie aber nur so nebenbei. Mama macht das dann schon. Und jetzt mache ich es eben.

Beim zweiten Gang will er erst gar nicht, dreht um, will wieder durchs Gartentörchen zurück. Er erinnert sich wohl plötzlich daran, dass ihm Sigrid gerade ein Leckerli gegeben hatte, trockenes Rind- und Schweinefleisch statt der eintönigen Kunstnahrung, die aus einem undefinierbaren Gemisch aus Fisch und Kartoffeln besteht, zu kleinen Klößchen geformt. Manchmal frisst er die nur in der Nacht, um uns gegenüber so zu tun, als fräße er gar nichts. Aus Protest vielleicht, gegen die schnöde Abwesenheit seiner Herrschaften.

Oder will er in diesem Moment nur, dass Sigrid mitgeht? Schließlich ist er doch noch zu seinem Spaziergang zu bewegen.

Sind inkontinente Alte und alte Hunde eigentlich gleichberechtigt? Wohl kaum. Als ich ein entsprechendes Bedürfnis spüre, und das ist bei mir nicht wie bei ihm ein reiner Spaß und Zeitvertreib, muss ich schleunigst eine Stelle finden Richtung Wald, wo nicht ein Exhibitionismusverdacht oder andere schlimme Vermutungen zu meiner sozialen Isolierung führen können.

Dort begegnet mir ein Hund mit einem Mantel, auf dem das Wort „Rentner" steht, was mir im ersten

Moment wie eine Verhöhnung vorkommt. Als ich ihn genauer anschaue und seine langsamen Bewegungen wahrnehme, meine ich versöhnt zu dem Besitzer:

„Der hat ja offensichtlich langsam ein Recht dazu" und füge dann hinzu:
„Gehen Hunde auch mit 65 in Rente, oder greift bei ihnen schon die Neuregelung ‚mit 67'?"
„Dabei gibt es gar keine Arbeitsplätze, für Alte schon gar nicht."
„Nur für Arbeitgeber. Oder für Banker."

Beide Hunde stellen für Fabi kein Problem dar. Weil sie ohne Leine herumlaufen können und dadurch saturiert sind, was ihren Freiheitsdrang angeht, oder auch, weil sie lustvoll den Stöckchen nachlaufen dürfen, die ihnen ihr Herrchen wirft?

Fabi macht keine Anstalten, diesen Stöckchen hinterherzuhecheln. Reagieren sie auf fremde Stöckchen nicht? Dann bellt er mich an, wohl um mir zu zeigen, dass ich ihm ein ähnlich attraktives Programm bieten könnte. Ich lasse ihn von der Leine, und er vergnügt sich voller Lust mit dem Stöckchen im Wald. Plötzlich scheint er wieder jung geworden. Beim Weiterlaufen zieht er nach vorne, bellt in die Gegend. D

as Stöckchenwerfen ist offensichtlich so etwas wie ein Jungbrunnen. Oder ist es das Losbinden, was ich mir bei der Gelegenheit erlauben kann? Es ist ja kein Problem, ihn wieder zu kriegen,

wenn ich so tue, als ob ich ihm weiter Stöckchen werfen würde. Wieder ein gemeiner Betrug, den er aber ohne zu klagen schluckt.

Auf dem Rückweg kackt er leider wieder in eine Garageneinfahrt. Ich habe aber langsam Routine mit der einen Tüte als Greifer und der anderen als Behälter. Stehen deshalb heute die Mülleimer an der Straße? Immerhin ist es noch ziemlich weit bis zu Hause.

Kinder, die mit ihrer Oma unterwegs sind, fragen:

„Wie heißt der Hund?"

Den Namen Fabi finden sie sehr schön. Andere Leute meinen:

„Das ist aber ein schöner Hund!"

Ich bin ein wenig eifersüchtig, weil sie mich gar nicht zu sehen scheinen. Und dabei bin ich es doch, der die Probleme mit seinen Ausscheidungen auszubaden hat.

Seit einiger Zeit versuche ich, ihn auf „Kackadikackadu" zum Kacken zu konditionieren. Sigrid lacht darüber.

„Das klappt ja nicht mal bei dir selber!"

Auf einige Kommandos hört er ja, zum Beispiel auf „Sitz!" Auf den Ruf „Fabi!" weniger. Wenn ich die Hände übereinander hin und her bewege und dazu „Schluss!" rufe, scheint er das wirklich zu verstehen.

Wenn er „Bällchen" oder „Quietschebällchen" hört, sucht er dieses tatsächlich und findet es, sogar wenn es hinter dem Autoreifen liegt. Überhaupt könnte er das Bällchenspiel endlos spielen, im Laufen und im Sprung. Manchmal fängt er es sogar beim ersten Zuschnappen, wartet darauf, dass ich meinen rechten Zeigefinger energisch vor mir Richtung Boden stipse, um sich dann raffiniert, fast hinterhältig, zu nähern.

Dann lässt er sich das Fingerstipsen wiederholen und legt den nächsten Gang ein, bis er in Erwartung vor mir steht. Ich kann ihm nun den Ball aus dem Maul nehmen, ohne dass er wütend wird, ohne dass er zubeißt, sehr angenehm, wenn auch sein Sabbern weniger, aber man gewöhnt sich erstaunlicherweise daran.

Hinterher lässt er sich widerstandslos die Pfoten abputzen, an den Hinterläufen ist er allerdings etwas empfindlicher. Dann macht er sich im Wohnzimmer sein Bett, wühlt eine Decke so lange, bis sie ihm ein Kopfkissen bildet.

Eigentlich schläft er viel, in den letzten Tagen etwas weniger. Hat er sich vielleicht an uns gewöhnt und braucht sich deshalb seinem einsa-

men Schicksal nicht mehr durch Schlaf zu entziehen?

Einmal hat er sogar gekotzt. Warum? Auch vielleicht ein Protest gegen sein schnödes Verlassenwerden? Oder war die Ursache das Wasser der Pfütze, das er getrunken hat? Immerhin scheint die wunde Stelle an der Pfote verschwunden zu sein, mit der er uns übergeben wurde. Dann kann unsere Betreuung für seine Psyche doch nicht so schlecht sein.

Freitag

Wegen erneuter Regenfälle, während in Amerika und Teneriffa die große Dürre herrscht, husche ich nur schnell mit Fabi in den nahen Kackwald. Mein Dressurprojekt „Kackadikackadu" funktioniert leider nicht. Es erweist sich als großer Fehler, dass ich vor mir auf die von mir erwählte Stelle auf dem Boden zeige und „Hier!" dazu sage.

Das signalisiert bei ihm lediglich das Stöckchen- und Bällchenspiel, was man an seinem erwartungsfrohen Stehenbleiben erkennt. Ein wenig später werden doch noch meine Hoffnungen erfüllt. Hatte er immerhin verstanden, er solle sein Geschäft in diesem Wald verrichten?

Dieses Mal kriecht er dazu unter einen stachligen Ilex-Strauch, wo keiner hinkommt. Zeigt sich darin ein Anfall von Rücksichtnahme? Denkt er vielleicht an die merkwürdig ekelverzerrten Gesich-

ter, die sich bei Menschen zeigen, wenn ihre Schuhe plötzlich in dem stecken, was für ihn so überaus wichtig ist?

Nach dem Geschäft widmet er seine Energie wieder einem intensiven Scharren, wobei er versucht, alte Erdschichten bloßzulegen. Vielleicht fühlt er sich dabei wie Heinrich Schliemann. Mir ist immer noch nicht klar, nach welchen Düften er sucht. Nur nach seinen eigenen? Archäologen suchen letztlich auch nur nach Eigenem, dem typisch Menschlichen oder der Diversität des Menschlichen, oder sie projizieren die eigene Haltung, sei sie nun kriegerisch oder friedlich oder ökologisch ausgerichtet. Mich überrascht die Idee, dass es sich bei Fabi insgeheim um eine wissenschaftliche Seele handeln könnte.

„Sind Sie der Opa von Luisa?"
„Ja."
„Ich habe Sie am Hund erkannt."

Am Hund, nicht an mir selber, keine Erinnerung an mein Gedicht über Kinderaugen, das ich dem Kindergarten damals geschenkt hatte. Auch nicht an meine Texte in der Online-Zeitung. Und es kriecht in mir wieder einmal der Verdacht hoch, dass diese gar nicht gelesen werden, sondern dass die manchmal sogar zahlreichen Reaktionen nur auf die beigefügten Fotos zurückzuführen sind. Facebook-Menschen halt. Liegt das an meinen Texten oder an dem allgemeinen Trend, lie-

113

ber nicht so genau über Einzelheiten nachzudenken?

Die Erzieherin sprach mich in dem Gässchen neben dem Kindergarten an, dem evangelischen Gässchen neben dem evangelischen Gässchen, dem evangelischen Pfarrheim und der evangelischen Kirche, dem Viertel, durch das ich Fabi ohne Schwierigkeiten führen kann. Hier scheint ihn keinerlei Weihrauch-Allergie von Durchgängen, ungeliebten Nachbarschaften oder teuflischen Ablasspraktiken abzuhalten.

Dieser Stadtteil namens Schildgen ist überhaupt der Ort der Gässchen. Ich entdecke immer wieder neue geheime Gänge, der ideale Ort für Hunde, oder für Hundebesitzer, weil sie die Mentalität ihrer Hunde übernommen haben oder schon immer hatten.

Die Wunder seiner Abrichtung kann ich allerdings besser im Vorgarten erleben: Das Kommando „Sitz" funktioniert fast immer. Ich brauche es manchmal, wenn ich ihm sein Halsband umlegen will. „Wenn er hinten klopft", wie meine Tochter es auszudrücken pflegt, will er das Stöckchenspiel. Legt er das Stöckchen zu weit entfernt von mir ab, nachdem er wie ein geölter Blitz hinter ihm hergepest ist, dann muss ich erneut auf den Boden zeigen, so dass er es prompt aufhebt und noch einmal näher kommt, um es erneut abzulegen oder es sich von mir aus dem Maul nehmen lässt. Hündisch, so was!

114

Ein unvergessliches Erlebnis scheint für ihn aber das Stöckchenspiel in dem herrlichen Buchenwald zwischen Schildgen und Voiswinkel zu bleiben. Hier tauchen wieder unmotivierte Hügel in der Landschaft auf, die dieses Mal als Crossstrecke für Radfahrer ausgebaut sind, entlang eines Bachs, der vielleicht der uralte und geheimnisvolle Bach meiner Kindheit ist, der Mutzbach, der in Dünnwald wie der norditalienische Po einen beiderseitigen Damm besitzt, da er als Mühlenbach für Rittergut und Kloster wichtig war.

Hier im Wald zwischen Schildgen und Voiswinkel dient er der Versammlung von lauter Weibchen, auch menschlichen. Es herrscht eine angenehmen Kaffeeklatsch-Atmosphäre, die Frauchen bestätigen, dass Hunde Individualitäten sind, bewundern wieder den schönen Hund, den Fabi darstellt.

Mit Voiswinkel hatte ich bisher nur Treffen von jugendlichen Rechtsradikalen oder Randalierern verbunden. Hier aber versammelten sich hündische und menschliche Weibchen. Da konnte sich der einzige Mann in der Runde und auch Fabi wie ein Pascha fühlen. Ich auch?

„Wie machen Sie das, dass er so schöne langfallende Haare hat?"

Künstlich bescheiden antworte ich:

„Das meiste macht er selber, indem er sich öfter schüttelt",

und erwähne nur so nebenbei, dass ich ihm manchmal das Fell bürste.

Ich gestehe, dass ich selber auch gerne so lang herunterhängende Haare hätte, wofür ich einen Lacher bei den Frauchen quittiere.

Der einzige Mann in der Runde außer mir nimmt mich daraufhin diskret zur Seite, um mir einen Witz zu erzählen:

„Ein Mann stand nackt vor dem Spiegel und sah an sich herunter. Dann schüttelte er den Kopf und meinte: ‚Was wir beide nicht alles schon gemeinsam erlebt haben!' Da kommt seine Frau dazu und meint: ‚Deshalb hängt er auch so an dir.'

Nahm er mich zur Seite, weil er die Ohren der Frauchen mit solchem Männerhumor verschonen wollte, oder hatte er ihnen denselben Witz vorher schon erzählt?

Samstag

Als wir heute zwei Weibchen begegnen, ist Fabis Interesse am Stöckchenwerfen wieder auffallend größer.

„Sie kneift ab und zu andere Hunde in den Schwanz", meint die Besitzerin der einen Hündin. „Aber das haben die dann oft nicht so gern."

„Wer hat das schon gern?" erwidere ich, was von ihr offensichtlich nicht verstanden wird, da sie in dem Moment nur auf Hunde gepolt ist.

„Ich habe sie aus einem Tierheim geholt. Sie kam aus Rumänien. Und zwei Jahre lang war sie psychisch geschädigt."

Wieder stutze ich. Redet sie von einer Freundin? Oder einem Kind, das sie gerettet hat?

Dann wird es aber wieder klar, wovon die liebevolle Stimme unter den tiefschwarz gefärbten Haaren   redet.
„Ich habe schon einen Hundepsychiater und einen Hundeflüsterer zu Rate gezogen. Man muss einfach viel Geduld haben. Nun geht es langsam."

Eigentlich sieht sie so aus, als könne sie sogar mit Menschen so liebevoll umgehen. Wo die doch häufig eher mit Tabletten abgespeist werden.

Mittlerweile weiß ich, dass Fabi tief im Inneren ein Sportler ist. Deshalb traue ich mich auch immer öfter, ihn loszulassen. Er dankt es mir mit vermehrter Zuwendung, gibt ein freudiges Bellen von sich. Wenn ich ihm die Füße trockne, dabei auf

den Stufen im Treppenhaus sitze, versucht er, mich zu küssen.

Immer öfter sitzt er erwartungsvoll vor mir, in Erwartung des Stöckchenwerfens. Als ich am Nachmittag hinter dem Haus im Garten sitze und lese, klaut er zuerst einen Plastikübertopf von Blumen, zerbeißt ihn und erwartet, dass ich sein künstlerisches Produkt als Bällchen werfe. Weil ich mich vom Lesen nicht abhalten lasse, versucht er es als nächstes mit einem ledernen Gartenhandschuh, dann mit einem Handfeger, bis ihm schließlich einfällt, dass das Gerät, was für diesen Sport vorgesehen ist, im Vorgarten liegt, das Bällchen.

Immer häufiger sind jetzt auch seine Sprachversuche. Er jault in allen möglichen Tonarten und legt große Begeisterung an den Tag, wenn ich in diese Übungen einstimme. Unterwegs ertappe ich mich immer öfter dabei, dass ich mit ihm rede. Mein früheres Selbst müsste sich deswegen eigentlich schämen. Aber existiert es noch?

Es ist mittlerweile kein Problem mehr, Fabi im Auto mitzunehmen. Er sitzt vor dem Heckfenster und verfolgt die Wege, die wir nehmen, oder er schaut sich die Landschaft an, was immer er darunter versteht.

Beim Laufen bleibt er in der letzten Zeit immer mal wieder sitzen. Ich weiß nicht recht, was das bedeutet. Will er ein Gespräch mit mir anfangen

und weiß nicht, wie, oder packt ihn ein philosophischer Gedanke, der ihn nicht loslässt?

Sonntag

Sigrid fragt unser Mündel am Morgen „Hast du in
der Nacht gekotzt? Du armer Kerl!" So redet sie
mit mir nicht. Dabei hatte er ihr richtig Arbeit be-
reitet. Mit einem wenig wohl duftenden Fleck an
der Haustür hatte er begonnen. Dann markierte
er den Boden im Esszimmer, und zum Schluss
hatte er seinen braunen Matsch auf dem blauen
Teppichboden vor unserem Schlafzimmer abge-
laden.

Aus Anhänglichkeit an uns, oder war es pure
Verzweiflung gewesen? Verzweiflung darüber,
dass er uns zu Liebe endlich eine ordentliche
Portion gefressen hatte und nun sein entwöhnter
Magen nicht mitspielen wollte. Erstaunlich, mit
welcher Geduld und gleichzeitiger Sorge um den
Übeltäter meine Frau sich um die ekligen Relikte
einer nächtlichen Völlerei kümmerte!

Draußen herrscht als Gegensatz dazu jetzt ein
klarer Sonnenschein. Nach so vielen Wochen
grauem Himmel und penetrantem Regen. Ein
leichter Wind bläst Heiterkeit ins Hirn, das so rein
erscheint wie eine chilenische Oase.

Im einsamen Waschbachtal begegne ich einer
einsamen Joggerin. Niedliche Erhebungen hinter
einem leichten T-Shirt und pralle Wölbungen in

der losen Turnhose lassen an mir etwas wachsen, nicht nur

Phantasien von Sex in beiderseitigem Einverständnis im naheliegenden Gebüsch, ohne langes Gerede. Warum eigentlich nicht? Aber bin ich dann nicht ein Fabi? Nähere ich mich überhaupt nicht allmählich seiner Mentalität an? Wo soll das dann noch enden?

Am Nachmittag laufen Fabi und ich zusammen von der Waldsiedlung zur Waldschenke in Dünnwald, dem schönsten Platz im Rheinland. Hier sind sogar alle Hunde friedlich. Neben uns sitzt eine schlanke Dunkelhaarige, die allerdings so aussieht, als habe sie Haare auf den Zähnen. Später setzt sich eine Dicke dazu, die sie überschwänglich begrüßt.

„Wenn das nur einmal wäre, könnte ich es verzeihen, wenn es länger andauern würde, würde ich ein Stück weit ....“

„...sie dürfte nur nicht unter meinem Niveau sein. Was anderes wäre es, wenn es eine besonders attraktive Frau wäre, ...“

Fetzen eines Gesprächs, die an mein Ohr dringen. Später, als sie wieder alleine ist, hat sie ihre Sonnenbrille wie ein Diadem auf den Haaren, liest dabei betont. Die Sonnenbrille, das Lesen und die gestrickte Stola wollen wohl andeuten, dass sie längst aus der Unterschicht herausge-

120

wachsen ist, oder sich hochgedient hat oder so. Aber pirscht sich da nicht eine Fortsetzung meiner Gedanken vom Waschbachtal an mich heran? Was passiert da mit mir?

Montag

Das schöne Wetter verlockt mich zu einer größeren Runde, über den Endlosverkehr der Altenberger Domstraße hinweg, an der Hoverhofer Mühle vorbei auf das riesige Gelände des Hoverhofs. Das wollte ich mir immer schon einmal anschauen. Und auch Fabi scheint nicht abgeneigt, die Gerüche von Schrott und Baumaschinen in sich aufzunehmen, die hier abgelegt und abgestellt sind.

Keiner Menschenseele begegnen wir auf dem weitläufigen Areal, das von einer einzigartigen langgestreckten Fachwerkarchitektur begrenzt wird. Rechts daneben ein schiefer-gedecktes charaktervolles altes Haus, unter Denkmalschutz, wie die Plakette des Landes NRW ausweist. Warum kennt keiner dieses merkwürdige Ensemble?

Und da ist noch etwas zu sehen, was sicher auch diese Plakette verdient hätte, eine alte Villa in einem merkwürdigen Stil. Etwas verlassen, nicht verkommen, wirkt sie. Ein Schatz, den man uns bisher vorenthalten hat, warum auch immer. Später stelle ich fest, dass der Schieferbau zwar vom Bergischen Geschichtsverein aufgeführt wird, die Villa seltsamerweise nicht.

Als Fabi mich in den Bereich vor der Villa zieht, springt uns ein mittelgroßer Kläffer entgegen, sofort von einer Person energisch zurückgerufen, einer Person an einem Tisch vor der Villa, wo noch drei, vier andere sitzen, wie bei einem Frühstück, jüngere, höchstens mittelalterliche Leute.

„Suchen Sie etwas Bestimmtes?"

Die bekannte Frage in dem Ton des Befremdetseins oder Indigniertseins, wie sie auch die Adligen in den Schlössern an der Erft von sich geben, wenn man undezenterweise in ihre Gehege eingedrungen ist. Sie sind dabei zu Verbotsschildern entweder nicht befugt, weil sie öffentliche Gelder für die Erhaltung ihrer Liegenschaften erhalten, oder weil sie offene Verbote für nicht vornehm genug halten. Das Volk muss doch einfach von sich aus merken, was sich nicht gehört.

„Nein, ich wollte mir nur mal diese schönen Gebäude anschauen."

Keine Reaktion auf das nahezu anbiedernde Lob.

„Das ist privat. Der Ausgang ist dort drüben."

Sie weisen mich zu einer Straße, über die ich nicht gekommen bin, und an der dann tatsächlich ein Schild steht, welches den Weg zurück, weil privat, verbietet.

Was für Leute sind das? Sie frühstücken vor der Villa, nicht in einem schönen Garten oder auf einer Terrasse dahinter. Vielleicht doch nur Angestellte des Grafen? Oder Mafia, die sich erst vor kurzem in den Besitz dieses Anwesens gebracht hat? Vielleicht zeigt sich in ihrem Verhalten die Ähnlichkeit zwischen den alten und den neuen Verbrechern. Ihre kalte Ablehnung scheint auch ein wenig auf Fabi zurückzuführen zu sein, der mit seiner Zurückhaltung und seinem schönen Aussehen den Kläffer in beschämender Weise in den Schatten stellt.

Am Nachmittag zieht mich das schöne Wetter durch das Mutzbachtal mit seinen buckligen leergetrampelten Ufern und den urigen Baumstämmen quer über dem Wasserlauf über den Weiler Mutz zwischen weiten Feldflächen nach Voiswinkel, an Fachwerkhäusern vorbei, die ich noch nie gesehen habe, zu Gertrud und Edi, den Eltern meines Schwiegersohns Peter. Unterwegs bestraft Fabi den steifen Stolz eines Ziegenbocks und seine impertinenten Ausdünstungen mit Missachtung.

Peters Eltern begrüßt er dagegen mit Schweifwedeln als alte Bekannte. Vielleicht hat er auch früheres Entgegenkommen nicht vergessen. Zwar erhält er nicht wie ich ein Stück meines Lieblingskuchens, Schwarzwälder Kirsch, als hätten sie auf mich gewartet, aber natürlich wird er mit Wasser versorgt und in einen Schattenplatz ge-

führt. Er hätte sich den auch selber aussuchen können, da er in seinem Bereich liegt.

Aber offensichtlich ist sein Leidensdruck gegenüber der Hitze nicht so groß, dass er dazu Veranlassung hat. In meinem und in Edis Verhalten ihm gegenüber zeigen sich also zwei ganz unterschiedliche Erziehungskonzepte. Erziehung zur Selbständigkeit hier und patriarchalische Fürsorge da.

Als ich von meinen Erlebnissen auf dem Höverhof erzähle, erfahre ich den Spitznamen des Besitzers: „der Eiertollah". Ein Bauer namens Kremer, der seit längerer Zeit alle Ländereien aufkauft, die es zu kaufen gibt, warum auch immer, und der in seinem Mühlenfachwerkhaus Eier verkauft. Deshalb Eiertollah. Der Anklang an Ajatollah lässt aber auch eine Portion Unbehaglichkeit und Unheimlichkeit sichtbar werden, die er bei den Leuten auslöst.

Bemerkenswert scheint mir zu sein, wie Fabi auf einmal minutenlang vor einem Gemälde im Flur stehen bleibt, das früher einen Ehrenplatz im Wohnzimmer hatte. Missbilligt er die neue Hängung dieses Bildes? Ist er wirklich in der Lage, die Qualität dieses Temperabildes in Primamalerei zu würdigen? Manchmal halte ich alles für möglich.

Dienstag

Heute ist die evangelische Runde dran. Sie dauert nicht ganz eine Stunde und ist für Fabi evangelisch problemlos, anders als die katholische Runde, bei der er immer etwas irritiert wirkt.

Bei der Begegnung mit einem Hund samt Anhang in Form von Frauchen wieder meine notorische Frage:

„Kennen die sich?"
„ Fabi?"

ist die Antwort. Meine Tochter, die Fabi sonst ausführt, wird mit keinem Wort erwähnt. Es geht wieder nur um den Hund.

„Im Sommer ist er doch sonst geschoren, oder?"
„Nein, nicht immer. Das war nur voriges Jahr so. Weil sie Urlaub an der Adria machten, in Kroatien. Das war wohl für seine Wolle zu heiß. Obwohl meine Oma auf dem Standpunkt stand: ‚Wat jot es fö de Kält, es och jot fö de Hetz.'"

Sie lacht, meint aber, das habe man damals wohl nur gesagt, wenn die Umstände eine Änderung nicht zuließen.

„Der Fatalismus der früheren Zeiten halt, nicht tiefere Einsichten in die menschliche Natur."

Ihre Stimme klingt wie die einer Person aus befreiter Unterschicht, weil sie trotz eigentlicher Gehemmtheit, die die Zähne nicht auseinanderbringt, auf einmal die Schönheit der eigenen Zähne entdeckt hat und die nun beim Sprechen immer entblößen muss, wie Rudis Schwiegertochter,

Vorher ertönte zu Hause Fabis Jaulen punkt halb neun. Sigrid meint:

„Weil er es gewohnt ist, dass sich zu diesem Zeitpunkt die Familie um ihn kümmert."
„Nicht Fabi, jetzt denkst du an Christiane und an Judith und Luisa und an Peter?"

Das Nennen der Namen löst bei ihm das Schräglegen des Kopfes aus, als klinge jeder der genannten Namen für ihn süßer als alles andere. Wir merken in diesem Augenblick wieder:

Wir sind doch nur die 2. Wahl für ihn. Wie zum Trost will er mich wieder küssen, als ich auf der Treppe vor ihm sitze. Oder sieht er in diesem Moment Luisa in mir?

Im Wald begegnet uns ein Winzling. Sein Frauchen meint bescheiden zu Fabi, als der sich mit ihrem zerbrechlichen Schützling zu beschäftigen beginnt:

„Der ist doch viel zu klein!"

Als Kenner, zu dem ich mich mittlerweile zu ent-
wickeln scheine, entgegne ich:

„Das spielt bei ihm keine Rolle, Hauptsache, die
Chemie   stimmt."
„Da haben Sie Recht",

meint die Frau und wirkt dabei ganz glücklich.

„Bei Menschen findet man ja auch oft merkwürdige Paarungen. Und bei diesen Paarungen handelt es sich nicht immer um den Lebenspartner.
Da zeigt sich manchmal eine geheime Vorliebe
für den Wilden, obwohl der eigene Partner ein
Ausbund von Zahmheit ist. Den hat man aber
vielleicht nur genommen, weil er mit dem Eigentlichen befreundet ist, bei dem man sich nicht getraut hatte, oder weil der Eigentliche schon ver-
geben war. Aber heute ergeben sich noch immer
freudig gesträubte Nackenhaare, wenn einem so
ein Wilder begegnet, und hat gleichzeitig Angst
davor. Im eigenen Lachen und den eigenen krau-
sen Haaren aber kommt der eigene Hang zur
Wildheit zum Ausdruck."

Was man da alles so nebenbei erfährt!

Als ich mit Fabi die Straße überqueren will, ver-
weigert er sich kurz. Die Autofahrer schauen erstaunlich geduldig und fragen sich:

„Will er nun, oder will er nicht?"

Ich denke, das Frauchen auf der gegenüberliegenden Straßenseite würde mich nun loben wegen meiner Vorsicht. Stattdessen gibt sie ein genüsslich grinsendes „Sie können nicht einfach machen, was Sie wollen" von sich.

Wie Recht sie hat! Denn auch nach dem Alzheimer-Trick lässt Fabi mich nun erst einmal schmoren, gibt allerdings nach mehreren Wiederholungen des Tricks auf. Oder hat er wirklich Alzheimer?

Wieder ergibt sich – wie so oft in letzter Zeit- ein zweites Kacken, und wieder in einer Garageneinfahrt. Ich finde das blöd. Er hatte doch gerade ein Bilderbuchhäufchen im Wald auf einen Aststumpf aufgespießt, wie ein Würstchen am Stockgrill. Dieses Mal habe ich aber die Tüte dabei und wische die Schande auf. Dabei stelle ich leider Löcher in der Tüte fest und meine Nase:

„Das stinkt ja infernalisch!"

Ihn rührt das alles nicht. Oder tut er nur so? Am nächsten Briefkasten überkommt mich die mich selbst überraschende Versuchung, alles loszuwerden. Oder will ich den Briefträger spüren lassen, was ich leide? Oder wäre eine fremde Mülltonne eine Möglichkeit? Als ich Fabi darauf anspreche, lacht er ungerührt, nach dem Motto:

„Gar nicht um kümmern!"

Dünne Wolken bedecken am Nachmittag den Himmel. Es herrscht eine Schwüle, die sowohl mich als auch Fabi nur so dahinschleichen lässt. Das Ergebnis ist ein lustloses Häufchen im Industriegebiet. Die mitgebrachte Tüte scheint seine Lust sowieso nicht zu erhöhen. Vielleicht will er aber auch nur der Hässlichkeit dieses Viertels eins auswischen.

Plötzlich werden wir beide wachgerüttelt durch ein heftiges Hecheln seiner langen Zunge in spitzer Collieschnauze und ein starkes Vorwärtsziehen, was sonst nie seine Art ist. Sigrid hat sein vornehmes Zurückbleiben einmal als Merkmal eines Hütehunds bezeichnet, der die Seinen beisammen halten will. Doch scheint das nun alles vergessen. Ein heftiges Bellen als Begleitmusik, ununterbrochen, ein ganz neues Bild von Fabi. Ist sein Lieblingsrivale in der Nähe? Meine Vermutung wird durch ein fernes Bellen bestätigt. Mir wird wieder deutlich:

Welche Energien setzen Rivalen frei beziehungsweise Hasspersonen! Da muss es nicht mal um ein Weibchen gehen. Haben die Soziologen das eigentlich schon auf dem Schirm?

Mittwoch

Heute ist der Tag der großen Hitze. Vielleicht formiert sich deshalb der Hundefrauentreff im nahen Kackwald. Eines der Frauchen gehört zu Christianes Hundefrauen. Eine kaum gebremste

Energie strahlt ihr aus allen Knopflöchern, selbst an diesem heißen Tag. Sie zwingt sich aber zu einem lethargisch ruhigen Reden, als sei allgemeines Desinteresse das große Lebensziel. Dabei wird deutlich: Konvention geht über alles. „Geht es Fabi gut mit Ihnen?"

Ich erzähle von Fabis Sehnsuchtsjaulen bei der Nennung von Christianes Namen und denen ihrer Familie.
„Der tut nur so", weiß sie sofort zu erklären.

Meint sie damit, dass auch Fabi, wie sie, großen Wert darauf legt, den Formen zu genügen, obwohl er in Wirklichkeit anders denkt und fühlt?

Sie nennt ihren Namen. Sie weiß auch, dass ich Christianes Vater bin. Dann will sie meinen Namen wissen. Da merke ich: Ich hatte vergessen, dass sie ihn ja nicht wissen konnte. Hinterher erst wird mir klar, dass ich da einen Fauxpas begangen, den Formen nicht genügt hatte.

Ihr weißer Pudel hat mittlerweile den Wald an mehreren Stellen mit kleinen Kötteln verziert. Als ich das feststelle, kommt mir das Wort „Korinthenkacker" in den Sinn. Dabei denke ich an die Mentalität seines Frauchens. Bestehen nicht nur Ähnlichkeiten zwischen Hund und Besitzer, was das Aussehen, sondern vielleicht auch, was Verhalten und Charakter angeht?

Ich erzähle von Fabis Liebling Luna und der trau-
rigen Tatsache, dass ihm der Rivale wichtiger zu
sein scheint, als seine große Liebe. Sie hat Zweifel an meiner Deutung und meint:

„Wenn der könnte, wie er wollte, ….“

Meint sie damit einen kultürlich gebremsten, aber
eigentlich urtümlich stürmischen Sexualtrieb?

„Aber da muss die Hündin doch auch heiß sein,
oder?“ halte ich ihr entgegen.
„Das stimmt.“

Manchmal weiß man nicht so recht, ob die Hun-
dehalter über sich oder über ihre Tiere reden.

Trotz allem meine ich: Für Fabi sind Rivalen wichtiger als die Liebhaberin. Aber wichtiger als alles:
das Stöckchenwerfen. Was bedeutet das für ihn?
Beutemachen? Aber die Beute wird für den
Mächtigen gemacht. Für den Herrn. Also handelt
es sich schlicht um ein Spiel der Unterwerfung.
Unterwerfung scheint ihm das Allerwichtigste zu
sein. Vielleicht machte mir das Hunde immer so
unsympathisch. Sie sind heimliche Faschisten.
Die letztlich nur den Führer anbeten. Katzen sind
da völlig anders.

Donnerstag

An einer einsamen Pferdewiese und einem Pferdestall mitten im Wald vorbei gelangen wir ins Sumpfgebiet Richtung Schwarzbroich. Hier ist der Wald mit seinen hohen Kiefern, Eichen und Buchen von alten, tiefen Entwässerungsgräben und stillen Tümpeln durchzogen. Wir gelangen zurück auf den Reitweg, auf dem Reittiere verboten sind. Fabi wittert schon von weitem eine kleine Hündin. Sie beschnüffeln sich gegenseitig neugierig. Die Besitzerin fragt:

„Ist das ein Rüde?"
„Ja."
„Die ist heiß gerade."
„Ach so."

Aber wieso ach so? Es heißt wohl, ich solle mich mit Fabi verziehen. Doch was heißt „heiß" eigentlich? Dass es nur dann zur Paarung kommt, kommen kann? Ich nehme mir vor, das einmal im Internet zu recherchieren.

Die Hündin lässt sich trotzdem weiterziehen, ohne großes Theater. Fabi schaut ihr aber danach immer wieder sehnsuchtsvoll hinterher. Später an der Voiswinkeler Straße begibt er sich in einen Sitzstreik, lange Zeit. Immer wieder will er in eine andere Richtung als ich. Will er einfach auch mal bestimmen, oder zieht es ihn in den Stöckchenwald? Oder machte ihn die heiße Hündin darauf

aufmerksam, dass er pubertiert? Hatte er das bis dahin nicht gewusst?

Insgesamt haben wir bisher eigentlich ungetrübte ruhige 14 Tage miteinander verlebt. Wer konnte denn ahnen, dass sich am letzten Tag noch ein Drama ergeben würde?

Alle waren immer von Fabi angetan.

„Was ein schöner Hund!",

Und letztlich war er ja doch leicht zu händeln und meist sehr ruhig.

Heute war es ja den ganzen Tag heiß bis schwül, ging es mir durch den Kopf. Oder darf man mit Hunden einfach nicht in einen Eissalon gehen?

Ich will mich unverhofft Uli und Gretel als Hunde-hüter vorstellen, sie ein bisschen mit einer neuen Seite von mir schockieren. Sie sind offensichtlich froh, dass sie gerade wichtiges Anderes zu tun haben. Uli hat sich schon in Schale geworfen, um sich zum Skatspielen aufzumachen, Gretel ist vom Einkaufen so kaputt, dass sie mich nicht bei meiner Hunderunde begleiten will oder kann oder muss.

Deshalb drehe ich diese wie immer mit Fabi allei-ne, dieses Mal im Schlebuscher Seniorenpara-dies an der Dhünn entlang. Sigrids Schwester

Christel ist auch von der Hitze zu kaputt, um mich mit einem unbekannten und ungewohnten Hund empfangen zu können. Sie will auch nicht von mir in den Eissalon eingeladen werden.

Also betrete ich den berühmten Schlebuscher Eissalon in der Fußgängerzone alleine mit Fabi. Ich entdecke einen Einzeltisch im Schatten, an dem ich mich niederlasse. Am Tisch daneben sitzt ein Paar mit Hund, mit einem Pinscher, der gleich fürchterlich kläfft. Ich denke, das gibt sich gleich, was dann auch tatsächlich eintrifft. Die beiden Viecher beschnüffeln sich etwas, Fabi zeigt wenig Interesse, er setzt sich. Der Kleine lässt ihm aber keine Ruhe. Nun bellt auch wieder, rückt näher an Fabi heran.

„Beide sind ja an der Leine", beruhige ich mich selber. Die dicke Besitzerin und ihr schmaler Begleiter scheinen ähnliche Gedanken zu haben. Nicht so Fabi. Plötzlich ist ihm die Zudringlichkeit des Kleinen offensichtlich zu viel, er beißt zu, in den Nacken, der Kleine jault auf. Ich bekomme einen Schreck.

„Ist er verletzt?" frage ich mich und den schmalen Nachbarn.
„Nein", ist seine beruhigende Antwort.

Der Kleine kläfft jedoch ununterbrochen weiter. Seine Besitzerin springt auf und verschwindet im nächsten Hauseingang. Um ihren Liebling zu be-

ruhigen? Oder weil ihr das Bellen wegen der anderen Gäste peinlich ist?

Ihr schmaler Partner sagt zu mir:

„Er ist es ja selber schuld."

Ich einige mich mit ihm darauf, dass es ähnlich wie in der Pause auf dem Schulhof ist. Ein Kleiner provoziert einen Größeren oder Stärkeren so lange, bis der das nicht mehr dulden kann und handgreiflich wird. Erwischt und bestraft wird dann immer nur der Stärkere.

Da kommt die dicke Besitzerin des Pinschers – jetzt sehr aufgeregt – zurück.

„Ist er verletzt?"
„Ja!" Voller Empörung.
„Kann man das sehen?"
„Ja!!"

Mit einem wütenden Blick, als hätte ich sie gebissen.
Sie zeigt mir aber keine Verletzung, wird stattdessen immer aggressiver.

„Warum haben Sie sich hierhin gesetzt? Neben einen Hund!"
„Weil hier Schatten ist, und Sie hätten Ihren Hund ja auch zurückhalten können. Aber ich will mich

nicht mit Ihnen streiten. Es ist nicht mein Hund. Setzen Sie sich mit den Besitzern auseinander!"

Ich gebe ihr die Adresse meiner Tochter.

Wahrheitsgemäß sage ich:

„Bei der Postleitzahl bin ich nicht ganz sicher. Aber wenn Sie Schildgen schreiben, kommt das wohl an. Sie können sie auch im Telefonbuch finden."
„Haben die auch eine Telefonnummer?"
„Ja, aber die kenne ich nicht auswendig."

Instinktiv und bewusst lüge ich nun. Was sich später als positiv herausstellt. Denn mein Verdacht, dass da nur Dampf abgelassen oder eine schnelle Mark verdient werden soll, soll sich dadurch bestätigen, dass sie nie wieder etwas von sich hören lassen würde.

Jetzt aber will sie auch meinen Namen haben. Den gebe ich ihr selbstverständlich, dazu wie gewünscht meine Telefonnummer. Bei der Vorwahl 02207 stutzt sie.

„Das ist doch nicht Bergisch Gladbach!"
„Doch, das ist Bärbroich. Das liegt hinter Herkenrath. Deshalb ist das eine Dürscheider Nummer."

Da meldet sich spontan eine Frau an einem anderen Nachbartisch und meint zu mir:

„Sie können mich als Zeugin notieren, als Zeugin dafür, dass der Kleine Ihren Hund provoziert hat. Der hat uns mit seiner Bellerei schon die ganze Zeit genervt."

Die Dicke steht nun da wie das HB-Männchen. Am liebsten würde sie alle in der Luft zerreißen. Als sich zusätzlich noch ein Mann an einem weiteren Tisch als Zeuge für mich zur Verfügung stellen will, läuft ihr endgültig die Galle über.

„Haben Sie auch einen Hund?"

bellt sie zu ihm hinüber. Sie will ihn wohl als Laien diskretitieren.

„Ja, zwei", ist seine verblüffende Antwort.
„Wer's glaubt, wird selig."

Nun wird ihr Ton ordinär. Und damit hat sie endgültig verspielt.

Zuerst will ich das Angebot der beiden potentiellen Zeugen als unnötig ausschlagen. Dann gehe ich doch noch auf ihr Angebot ein, weil mich zwei Bemerkungen der Dicken misstrauisch machen.

„Mein Hund ist schon 12 Jahre alt."

Warum sagt sie das? Dann geht es weiter:

„Er hatte schon einen Bandscheibenvorfall, und genau da hat Ihr Hund hineingebissen."
„Das tut mir leid."

Das überhört sie wohl. Und dann:

„Das wird teuer!"

Als sei sie gerade erst auf diese Idee gekommen.

Will sie sich die normalen Arztkosten bezahlen lassen?
Nun setzt sie noch eins drauf:

„Ihr Hund müsste bei seiner Größe eigentlich auch einen Maulkorb tragen!"

Stimmt das wirklich? Ich weiß es nicht. Immerhin hat er tatsächlich gebissen, und vielleicht spielt ja bei Hunden Provokation keine Rolle.

„Wenn Sie wussten, dass der beißt, hätten Sie sich nicht hierhin setzen dürfen."
„Ich wusste nicht, dass er beißt, ich bin ja nicht der Besitzer, und ich habe aggressives Verhalten bei ihm bisher auch nicht festgestellt."

Auf der Fahrt nach Hause ist Fabi wieder das reine Unschuldslamm. Fühlt er sich auch so?

Freitag

Heute gibt es nur eines zu berichten: Die Wiederkehr der Herrschaften. Die hatte ich mir allerdings anders vorgestellt. Er würde freudig bis ans Törchen laufen und in allen Tonlagen der Lust die wahren Besitzer mit lauter Stimme begrüßen, sich von ihnen streicheln lassen und versuchen, seine lange Zunge in ihre Gesichter hineinzuschlecken.

Und nun steht er da, das gegrillte Hähnchen aus weichem Plastik im Maul, um es seiner Herrschaft zum Werfen zu apportieren. Aber welcher Herrschaft? Man stelle sich vor, dass vor dem endlos treuen Diener plötzlich ein vervielfachtes Bild seines Herrn steht. Wem hat er zu dienen? Ratlosigkeit als Folge dieser Verwirrung? Oder ein pädagogisches Verhalten: die Bestrafung des Treulosen durch Missachtung. Ich kann mich nicht entscheiden, diese diffizile Frage zu beantworten.

Nachwort von Fabi:

Die Geschichte, die er da von Donnerstag erzählt, ist mal wieder typisch für Menschen. Viel Aufregung um nichts. Der Kleine war sich genau bewusst, was er tat. Entweder hat er seine Besitzerin ausgetrickst, weil er genau wusste, wie sie

reagieren würde. Oder ihm war das anschließende Menschentheater selber peinlich.

Wir kennen unsere Konflikte, tragen sie aus, und dann ist wieder alles im Lot. Die aber beschäftigen sich nach meiner Kenntnis manchmal monatelang mit solchen Bagatellen und reiben sich dabei gegenseitig auf. Ein ganzer Berufsstand lebt angeblich von solchen Auseinandersetzungen.

Mir war von vorneherein klar, dass die Dicke sich niemals bei meinen Herrschaften melden würde. Dazu hätte sie schreiben müssen. Und das hätte ihr in den Pfoten wehgetan. Ich kenne solche Typen. Deshalb war es auch gut, dass mein Sitter ihr nicht die Telefonnummer meiner Herrschaften gab. Das hatte er instinktiv gespürt, dass das Verhalten der Dicken ein typisches Prollverhalten war.

Im Allgemeinen halten sie ja nicht viel von Instinktverhalten, werten es ab. Ich brauche nicht zu betonen, dass das ein Fehler ist, und dass sie in dieser Hinsicht viel von uns lernen könnten. Nun sind sie ja nicht allzu lernfähig, was die Übernahme von Erfahrungen anderer Arten angeht. Ihre Überheblichkeit hindert sie daran. Sogar ihren engsten Verwandten, den Menschenaffen gegenüber legen sie diese unglaubliche Überheblichkeit an den Tag. Und schlimmer noch. Sie vernichten sie gnadenlos. Als wären sie alleine

140

die unsterblichen Götter der Evolution. Schade! Und traurig. Wenn nicht schrecklich.

Ich bin allerdings ein wenig erstaunt darüber, dass dieser Sitter, der sich selber in einem Anflug von Bescheidenheit als hundefern bezeichnet, in den zwei Wochen als entwicklungsfähig gezeigt hat.

Sicher sind seine Auslassungen über Alzheimer und Faschismus bei unsereins abartig fern von unserer Wirklichkeit. Man hat den Eindruck, als habe er von philosophischer Meditation und der Tugend der Treue noch nie etwas gehört. So sind sie eben, die Menschen: Sie hängen viele Eigenschaften und Tätigkeiten sehr hoch, denken aber im Zweifelsfalle nicht daran, sich an ihren eigenen Tugendsystemen zu orientieren.

Doch hat er an einigen Stellen ein erstaunliches Einfühlungsvermögen bewiesen, reduzierte seine bisherige Verachtung gegenüber unserer Art und brachte mir oft regelrechte Sympathie entgegen. Auch mein Verhalten bei der Rückkehr meiner untreuen Herrschaften hat er nahezu richtig interpretiert.

Seine Kenntnisse gehen natürlich nicht so weit, dass er auch nur ahnen könnte, wie wichtig meine strafende Nichtbeachtung meiner Herrschaften in Wahrheit ist, bildet sie doch die einzige Chance einer Verhaltensänderung bei ihnen. Nur die

Nichtbeachtung kann sie nachhaltig und tief treffen.

Auch die Verteidigung in der Szene im Eissalon hat mir sehr imponiert. Da ist er wirklich über seinen eigenen Schatten gesprungen. Instinktiv hat er sich dort richtig verhalten, als er die Telefonnummer von Frauchen nicht herausgab. Bis heute erhielten wir von dieser Proll-Tussi keine Nachricht. Weil es gar keine sachliche Veranlassung dazu gab. Und natürlich war die Behauptung mit dem Maulkorb Unsinn. Schon mein Stolz als Rassehund hätte sich dagegen aufgebäumt.

Der Sitter und Schreiber dieser – teils rührenden, teils recht naiven- Zeilen hat sich insgesamt verdient gemacht mit seinen Bemühungen um meine Person. Seine unsentimentale Art scheint mir teilweise angemessener als die meiner eigentlichen Herrschaften.

Und erstaunlich finde ich, wie genau er meine Gefühle gegenüber dem Inhalt meines Fressnapfs erfasste. Da wünschte ich mir tatsächlich etwas mehr Sensibilität meiner Arbeitgeber. Insgesamt bewerte ich die 14 Tage als nicht völlig misslungenen Annäherungsversuch einer sonst hundefernen Seele.

Kleinhöhenmors

Kleinhöhenmors lag ganz am Rande der Zivilisation und war von dieser nahezu aufgegeben worden. In der großen Stadt kannte es keiner mehr. Es existierte dort nur in zwei Redewendungen, von denen niemand mehr wusste, woher sie stammten. Wenn jemand einen anderen beleidigen wollte, sagte er: „Du kannst mich mal am Kleinhöhenmors!" Und wenn man von einer abgelegenen Gegend sprach, benutzte man den Ausdruck: „Das liegt am Kleinhöhenmors der Welt."

Ein Geschäft gab es in Kleinhöhenmors schon lange nicht mehr. Die Gaststätte versuchte verzweifelt, durch Sonderangebote einen Gast zu finden. Als sich vor kurzem per Internet ein Interessent für das Schnitzel mit Kaffee für 4,50 gemeldet hatte, holten sie ihn von München ab und komplimentierten ihn unter Girlanden ins ansonsten leere Lokal.

Vor der Kirche standen erstaunlicherweise jeden Sonntagmorgen viele parkende Autos auf der Durchgangsstraße des Ortes. Doch orderte sie der Küster von einem Gebrauchtwagenmarkt am Rande der großen Stadt eigens zu dem Zweck hierhin, um den Eindruck zu erwecken, die Kirche werde noch gebraucht.

Im Gebäude der alten Schule, die mehr einem Trümmerhaufen glich, spielte ein Tischtennisverein jeden Freitagnachmittag, da sie wenig Miete zu zahlen hatten. Häufig mussten sie die fehlgeschlagenen Bälle unter einem Wust von herabhängenden Tapeten hervorsuchen, der ihnen beim Spielen auch die Sicht behinderte.

Das Schützenheim existierte, weil es alle vier Jahre als Wahllokal diente und deshalb vom Kreis subventioniert wurde. Die Schützen aus der Stadt trafen sich hier aber nur in der Nacht, weil sie sich schämten, in Kleinhöhenmors gesehen zu werden. Sie meinten, das würde ihrem Ruf schaden, so dass sie von keinem anderen Verein mehr eingeladen wurden.

Die letzte Bastion der Zivilisation, ein öffentliches Telefon, war vor einem Jahr abgerissen worden, weil der Post die Miete des wenige Quadratmeter großen Grundstücks zu teuer geworden war. Erstaunlicherweise war auf diesem Grundstück dann die neue Siedlung gebaut worden. Der Architekt musste ein Hexer gewesen sein, dass er in der Lage war, so viele Häuser auf diesem briefmarkengroßen Platz unterzubringen. Man sprach ab jetzt von Altkleinhöhenmors und Neukleinhöhenmors.

So waren die letzten funktionierenden Reste der Zivilisation die Bushaltestelle, an der alle drei Tage ein Bus nach Großhöhenmors abfuhr, und

der Briefkasten, der sich aus irgendeinem Grund ganz am Ende des Ortes befand.

In einer Sackgasse von Kleinhöhenmors wohnten fünf Familien nebeneinander. Es handelte sich bei allen um Rentnerehepaare, die vor vielen Jahren ein Grundstück in Kleinhöhenmors erworben hatten, da hier die Quadratmeterpreise niedrig waren. Vier Familien arbeiteten den ganzen Tag in Haus und Garten und stöhnten über die viele Arbeit, die ihnen das Leben schwer machte. Die fünfte Familie arbeitete nur bis Mittags, setzte sich dann in ihre Laube im Garten und genoss das Leben. Sie rochen an den Blumen in ihrem Garten, schauten den Libellen bei der Paarung zu und schwammen in ihrem selbstgebauten Swimmingpool. Von den anderen wurden sie deshalb auch geringschätzig die Halbtagsarbeiter genannt.

Links von ihnen wohnten der Holzbauingenieur mit seiner Frau und der Glasbauingenieur mit seiner Frau. Der Glasbau-ingenieur hatte sein Dach mit Glasziegeln versehen, weil er dadurch die Enge seiner Wohnlage ausgleichen wollte. Auch der Boden des Speichers bestand aus Glas, so dass sie in ihrem Wohnzimmer den ganzen Tag den Zug der Wolken verfolgen konnten. Ein Windfang aus Glas und eine Glasgarage waren der nächste Schritt gewesen. Dann fing er an, die Bäume in seinem Garten mit Glasgestellen zu umgeben, so dass die Bäume einerseits ge-

schützt waren, andererseits aber dem Blick des Betrachters nicht verborgen blieben.

Der Holzbauingenieur und seine Frau hatten große Angst vor fremden Blicken, vor dem zersetzenden Einfluss der Natur und vor der Arbeit. Deshalb arbeiteten sie den ganzen Tag. Sie beschnitten Tag und Nacht ihre Bäume und Sträucher, weil ihnen deren ständiges Wachstum den Alptraum bescherte, sie könnten ihnen eines Tages ins Haus hineinwachsen. Viele Hecken und Gebüschteile hatten sie schon durch Holzzäune ersetzt. Da aber an anderen Stellen die Zäune nicht mehr aussahen wie gerade gekauft und sogar schon bemooste Stellen aufwiesen, ersetzten sie auch diese.

Im Haus selber hatten sie alle Tapeten, aus Angst vor der anfallenden Arbeit des Tapezierens, in langwieriger mühseliger Arbeit mit dunklen Holzpaneelen bedeckt, so dass allerorten eine düstere Stimmung in ihrer Wohnung herrschte. Da manchmal die Äste von Sträuchern der Nachbarn ihren Zaun berührten, setzten sie vor den Zaun innen einen weiteren Zaun, um nur ja nicht mit der Vegetation der Nachbarn in Berührung zu kommen, davor noch ein Gartenhäuschen, in dem sie sich zwar nie aufhielten, das sie aber vor den Blicken der Nachbarn schützen sollte.

Rechts von den Halbtagsarbeitern wohnte der Planungs-bauingenieur mit seiner Frau. Er saß Tag und Nacht vor seinem Computer und entwarf

unablässig Pläne für Anbauten, Gartenpavillons, Sonnenkollektoren für die Heizung und Regenwasserzisternen, die sie unabhängig machen sollten von der Strom- und Wasserversorgung der Gemeinde. In die Tat umgesetzt wurden die Pläne nie.

Der historische Ingenieur von ganz rechts las Bücher über die Geschichte der Ingenieurskunst, die nach seiner Meinung besonders durch den Adel vorangetrieben worden war und hielt in Wandervereinen Vorträge über die historische Entwicklung des Walmdachs.

Der Swimmingpool des Halbtagsarbeiters war den Nachbarn schon ein Dorn im Auge gewesen. Er wies doch allzu deutlich darauf hin, dass man sich dort offensichtlich erlaubte, das Leben zu genießen. Als dann aber auf dem Dach auch noch Sonnenkollektoren installiert wurden, die der Halbtagsarbeiter selber dort anbrachte, platzte den Nachbarn der Kragen. Der Planungsbauingenieur bezeichnete es als unverantwortlich, eine solche Anlage ohne Planung zu errichten. Das könne ja wer weiß welche gefährlichen Folgen haben. Der Holzbau-ingenieur beschwerte sich über das Geräusch der Anlage, das bis in seine Wohnung dringe. Der Glasbauingenieur beklagte den optischen Eindruck der Anlage, vor allem für die Ballon-fahrer, die manchmal über den Ort flogen. Und der historische Ingenieur redete von Traditionsbruch und beklagte sich, dass der Halb-

tagsarbeiter ihn nicht vorher einmal konsultiert habe.

Es blieb nicht bei den Klagen. Der Holzbauingenieur erhöhte alle Zäune so, dass in den Garten der Halbtagsarbeiter von Süden überhaupt kein Licht mehr einfiel. Der Glasbauingenieur, dessen Grundstück sich im Westen befand, errichtete über die ganze Länge der Ostseite seines Grundstücks hohe Glas-wände, die dem Garten der Halbtagsarbeiter sozusagen die Luft abschnitten, da der Wind meistens aus Westen wehte.
Im Sommer wurde die Luft um den Swimmingpool herum jetzt richtig stickig. Der Planungsbauingenieur sorgte dafür, dass der Briefkasten der Halbtagsarbeiter ständig vollgestopft war mit
Annoncen von Planungsbüros, die die Planung von Sonnenkollektoren anboten, mit Sammlungen von gesetzlichen Vorschriften bei der eigenmächtigen Änderung von versorgungstechnischen Anlagen im eigenen Haus und Unterschriftenlisten von Ballonfahrern, die sich über die Verschlechterung des Panoramablicks auf Kleinhöhenmors beschwerten. Der Glasbauingenieur, mit dem er vorher nie geredet hatte, hatte ihn auf letztere Idee gebracht.

Der historische Ingenieur hielt zuerst vor dem Tischtennisverein, später von Haus zu Haus gehend, Vorträge über Technologien, die in der Tradition verwurzelt waren und nicht das moralisch-ästhetische Empfinden der Menschen verletzten. Als er dem Halbtagsarbeiterehepaar ei-

nen Brief schrieb, in dem er ankündigte, sich um einen Termin beim Schiedsmann zu bemühen, in dem es um die Entfernung der Sonnenkollektoren gehen würde, reichte es dem Halbtagsarbeiter-ehepaar.

Der Halbtagsarbeiter fuhr zu einem Baumarkt, kaufte die nötigen Materialien, montierte einen Kiel mit vier Rädern unter den Swimmingpool, ließ mit seiner Frau den Swimmingpool in einem Hafen vom Stapel und begann damit eine Welt-reise.

Im Schatten einer Hecke hatte sich in der Sack-gasse der Ingenieure ein Maler eine kleine Hütte gebaut. Er wurde respektiert, weil er als verrückt galt. Als er aber anfing seine Bilder auszustellen und sogar zu verkaufen, wurden die Nachbarn unruhig. Sie fuhren heimlich in die Ausstellungs-räume und schauten sich kopfschüttelnd die Prei-se an. Der Maler erhielt mehrmals Post von den Halbtagsarbeitern aus der Südsee und erzählte davon den Nachbarn. Die reagierten voller Hohn und riefen: „Die werden schon sehen, was sie davon haben! Entweder werden sie von Men-schenfressern verschlungen, oder sie finden nie mehr den Weg nach Hause, oder sie gehen in einem Orkan unter!"

Nach sieben Monaten waren sie zurück, braun-gebrannt, mit strahlenden Augen, um mindestens fünfzehn Jahre verjüngt. Der Swimmingpool war nicht nur unversehrt, sondern durch die frische

Luft, die Einwirkung des Salzwassers und die weiten Horizonte noch größer geworden. Das war alles nicht zu übersehen, vor allem, als er auch noch mit einem Bericht in der Zeitung der nahen Stadt abgebildet wurde.

Zuerst bemächtigte sich der Ingenieure eine tiefe Depression. Doch dann kaufte sich der historische Ingenieur in einem plötzlichen Entschluss ein Buch mit Cook`s Reisen in die Südsee und breitete dem Planungsingenieur seine Ideen aus. Der fing fieberhaft an zu arbeiten, holte, ganz gegen seine kontaktscheue Art, alle vier Ingenieure und ihre Frauen zu Versammlungen zusammen und stellte ihnen seine Pläne vor.
Ein wunderschönes Boot sollte es werden, aus Holz und Glas. Natürlich benötigten sie dazu viel Material. Deshalb rissen sie um ihre Häuser alle Wände, Zäune, Hütten und Absperrungen aus Glas und Holz ab und planten ihre gemeinsame Reise. Immer jünger würden sie werden und dabei hundert Jahre alt.

Sie wurden glücklich bei ihren Planungen, die nie endeten, und der Halbtagsarbeiter und seine Frau konnten auch wieder ungestört die frische Luft und die Sonne in ihrem Garten genießen. Die Nachbarn hatten sie vergessen. Nur der Maler besuchte sie ab und zu, zeigte ihnen Zeichnungen, die er von den auf dem Bauch liegenden Nachbarn angefertigt hatte, und sie lachten gemeinsam darüber.

Kein Märchen

Es war einmal eine Stadt am Rande des großen Gestanks. Sie war auf zwei Hügeln erbaut, die sich wie ein Ei dem anderen glichen. Am Fuße des rechten Hügels lag die schwarze Moschee. Darüber zogen sich, malerisch angeordnet, das große Teehaus, das Krankenhaus, das Schwesternheim und das Heim für die weisen Alten den Berg hinauf. Oben blickten die schwarzen Toten zufrieden übers Land. Und erst dahinter breiteten sich die engen Gässchen des schwarzen Wohnviertels aus. Wie ein Spiegelbild befand sich auf dem linken Hügel die rote Moschee, das rote Teehaus usw. bis zu dem Plateau für die roten Toten. Dahinter dann Treppen und Gassen des roten Wohnviertels.

Hinter der Stadt dehnte sich endlos der Urwald mit seinem Gestank, obwohl in einigen Handwerkerstuben gemunkelt wurde, der Gestank stamme gar nicht von dorther, sondern aus den Tiefen der Abwasserkanäle unter der Stadt.

Zur anderen Seite hin, da wo die Sonne unterging, breitete sich die Wüste aus, die von Jahr zu Jahr ihren Umfang vergrößerte, gleichmäßig, langweilig, ein Sandkorn vom anderen nicht unterscheidbar. Nur die Spuren der Kamelkarawanen teilte sie in zwei gleiche Hälften. Sie liefen schnurstracks auf den Markt zu, die einzige Stelle, wo sich die Schwarzen und die Roten regel-

mäßig trafen, um ihre Söhne und Töchter an die jeweils anderen für teures Geld zu verkaufen. Dort trafen auch die Sklaven von jenseits der Wüste ein, die auf dem Markt ausführlich begafft und auf gute Zähne überprüft wurden.

Zum Pascha der Stadt war ein Mann gewählt worden, der mit Erfolg den Gemeinbesitz der Stadt an einzelne reiche Bürger verkauft hatte. Bäder und Büchereien, die die Stadt früher reichlich besessen hatte, waren jetzt nur noch denen zugänglich, die wirklich lesen konnten und sich im Besitz eines Schwimmabzeichens befanden. Merkwürdigerweise war der Pascha im Verlauf dieser Verkäufe immer reicher geworden, obwohl er doch nur der Vermittler für die Stadt war.

In den hinteren Vierteln der Stadt stießen die Häuser der Schwarzen und der Roten aneinander, ja sie vermischten sich an manchen Stellen, vor allem wo sie in der Nähe des Urwalds standen. Und es vermischten sich auch ihre Bewohner. Es gab schon viele Fälle, in denen die Söhne und Töchter nicht mehr auf dem Markt verkauft wurden. Ein Skandal! Deshalb hingen auf dem Markt und in den Teestuben immer häufiger Plakate mit der Aufschrift „Kampf der Promiskuität!"

Hauptakteur dieses Kampfes war der Pascha, und diesem Kampf verdankte er auch einen großen Teil seiner Beliebtheit. Da die Stadt durch aufwendige Bauten um den Marktplatz herum, eine Börse, mehrere Karawansereien, aufwendige

neue Hallen für die Geldwechsler und teure Schönheitssalons immer weniger Geld zur Verfügung hatte, musste ein Grund für diese öffentliche Verarmung gesucht werden. Es stimmte natürlich, dass die Stadt in der letzten Zeit immer weniger Geld aus dem Beutel des fernen Sultans in der Hauptstadt erhielt, da der wieder am Kriegführen Spaß gefunden hatte.

Der Pascha sah aber den Hauptgrund in der wachsenden Promiskuität. Da immer weniger Söhne und Töchter auf dem Markt verkauft wurden, kamen auch immer weniger Steuern ein, argumentierte er. Und überhaupt fielen die Leute am Rande des Urwalds dem Gemeinwesen durch ihre betrügerische und schmarotzerische Art zur Last. Da in diesen Vierteln immer weniger Leute einer geregelten Arbeit nachgingen, müssten immer mehr von der Stadt unterstützt werden. Und viele ließen sich unterstützen, obwohl sie es gar nicht nötig hätten. Manche lebten sogar in der Hauptstadt in Saus und Braus mit Prostituierten und Gauklern, bezögen aber betrügerischerweise ihre Unterstützung weiter von der Zweihügelstadt.

In seiner Jugend hatte der Pascha dem Wüstennorden der Tiefschwarzen angehört. Ein Männerorden, der nicht einmal das Anschauen von Frauen zuließ, der den Aufenthalt in der Wüste über alles pries und sich jede Stunde im gemeinsamem Gebet versammelte. Sie erhoben die Tugenden der Gerechtigkeit und der Ehrlichkeit über alle anderen. Doch das war lange her.

153

Nun war vor kurzem mit einer Karawane ein alter Freund des Paschas angekommen, der auch ein Tiefschwarzer gewesen war, später aber alleine die Wüste in allen Himmelsrichtungen durchquert hatte. Feierlich begrüßte der Pascha mit seinen drei Frauen, sieben Kindern und siebzehn Enkelkindern den Freund. Er bot ihm einen kleinen Palast in der Nähe des seinen zur Miete an. Doch zu seinem Erstaunen ließ sein Freund sich im Viertel der Färber am Rande des Urwalds nieder. Auch seine Vorfahren seien ja Färber gewesen, meinte sein Freund.

Nun waren die Färber beim Pascha besonders unbeliebt, wegen des Gestanks ihrer Gruben, aber auch, weil sie nahezu nie ihre Kinder auf dem Markt verkauften. Da sie selten die Moschee besuchten, wusste man oft gar nicht, ob es sich um Rote oder Schwarze handelte. Sie behaupteten, der Gestank stamme weniger von ihren Gruben als von den defekten Abwässerkanälen, an denen der Pascha tatsächlich jahrelang nichts hatte arbeiten lassen.

Eines Tages hingen in den Teestuben große Plakate, auf denen zu lesen war: „Die Stadt verkauft die Abwässerkanäle und das Viertel der Färber, da uns beides stinkt und wir viel Geld dafür bekommen." So schien der Pascha zwei Fliegen mit einer Klappe zu schlagen. Seinem Freund hatte er schon eine geheime Botschaft zukommen las-

sen, dass er in seinem Palast wohnen könne, wenigstens vorübergehend.

Mit einem hatte er nicht gerechnet. Mit dem fortdauernden Einfluss der Tiefschwarzen. Die hatten sich zwar als Orden aufgelöst, ihre Verehrung für Ehrlichkeit und Gerechtigkeit aber größtenteils beibehalten. Und mehrere von ihnen hatten sich ausgerechnet im ausgedehnten Viertel der Färber niedergelassen.

Der ehemalige Freund des Paschas stand jetzt oft neben den Gruben und erklärte den Färbern, sie müssten die Tugenden der Wüste mit den Farben des Urwalds verbinden. So zogen sie eines Nachts durch die Stadt und strichen alle Häuser und Gebäude grün an, außer dem Palast des Paschas. Der blieb schwarz.

Die Bewohner der Stadt konnten jetzt das rote Viertel nicht mehr von dem schwarzen unterscheiden. Sie begannen, die Moscheen der Gegenseite zu besuchen, ebenso die anderen Einrichtungen. Sie merkten gar keinen grundsätzlichen Unterschied. Dabei hatten sie vorher so auf den Unterschieden beharrt. Und sie begannen die größer gewordene Auswahl ehr zu schätzen. Jetzt fiel ihnen erst die Andersartigkeit des schwarzen Paschapalasts auf und sie fingen an, ihn zu beargwöhnen. Jetzt erst schauten sie genauer hin und bemerkten die goldenen Verzierungen an Fenstern und Türen, wie es sie an keinem anderen Haus gab. Es entstand eine gro-

ße Unzufriedenheit mit dem Pascha. Mit Transparenten zogen sie vor sein Haus und forderten die Aussetzung des geplanten Geschäfts mit dem Abwasserkanal und dem Viertel der Färber. Als er auf seinem schmiedeeisernen Balkon erschien und sie beruhigen wollte, drangen sie in sein Haus ein und fanden, was sie sich schon gedacht hatten: Truhen voll Gold und Dokumente, aus denen hervorging, wie er sich an dem Verkauf der öffentlichen Gebäude bereichert hatte.

Er ließ seine Familie zurück und floh durch den Abwasserkanal in die Wüste. Später erfuhr man von neuen Karawanen, die in die Stadt kamen, er habe sich in der Wüste wieder einer kleinen Gruppe von Tiefschwarzen angeschlossen, die sich dort neu gebildet hatte.

Die Mütze

Keineswegs sollte ich dazu dienen, seinen Denkapparat zu schützen, dann schon eher den nicht zu übersehenden Riechapparat vor Schnupfen zu bewahren und in der Folge Hals und Brust vor den quälenden Hustenanfällen, die ihn in seinen leichtsinnigen Jugendjahren regelmäßig heimgesucht hatten. Mittlerweile war ihm nämlich klar, dass die Landschaft seines Körpers an ihrem oberen Ende wegen der fehlenden natürlichen Bewaldung den Einflüssen von Regen, Kälte, Schnee und polaren Luftströmen hilflos ausgeliefert war. Soweit hatte ich, oberflächlich gesehen, eine praktische Bedeutung für ihn.

Dann natürlich seine Eitelkeit. Er war sich durchaus bewusst, dass er mit einer Bedeckung seiner vererbten Blöße wesentlich vitaler und jünger wirkte, so dass ein schwuler Kollege ihm einmal gestand, wie sehr er immer desillusioniert sei, wenn die Kopfbedeckung den Platz ihrer Maskerade verlasse. Er wusste auch, dass sie ihm einen Zug von Bedeutung verlieh, was schon seine Frau in ihrer Verlobungszeit erkannt hatte, als sie ihm die Hauptzierde empfahl, um ihm das Flair eines Malers oder Dichters zu verleihen. Die damals unordentlich von seinem Kopf in die Stirn hängenden letzten Haarsträhnen schienen ihr dazu nicht auszureichen. Im Gegenteil: Sie strahlten für sie Dekadenz und Kränklichkeit aus, was

sie in ihren Gedanken überhaupt nicht mit Künstlertum verband. Dazu riet sie ihm zu einer langen Pfeife, um die Brille und seinen allzu gewöhnlichen Familiennamen zu kompensieren.

Später waren es dann Gewohnheit, die angenehme Wärme, die ich, beziehungsweise meine Vorgängerinnnen auf seiner Kopfhaut hinterließen, und das stabilisierte Selbstbewusstsein, die sich mit einem sanften Revoluzzertum verbanden, das er in der südamerikanischen Diktatur, in der er eine Zeitlang verbrachte, gegen das Hissen der Landesflagge einsetzte und in der Folge davon bei seiner Weigerung, an einem Marsch bei einem Nationalfeiertag teilzunehmen, an dem ein zweifelhafter Sieg über das Nachbarland gefeiert wurde. Dass er danach eine gelinde Strafversetzung erlebte, war ihm eine willkommene Bestätigung seines plötzlichen Heldentums und der Bedeutung seiner Mütze, die unversehens in aller Munde war.

Vom hölzernen Garderobenständer aus erblickte ich heute meinen Besitzer im Gespräch mit einem der Aktivisten, die die Veranstaltung über Israel und Palästina initiiert hatten. Das heißt, zunächst versuchte er vergeblich, es zu einem Gespräch kommen zu lassen. Zwar kannten sie sich gut von früheren Zeiten her, doch rümpfte der Aktivist in letzter Zeit die Nase über den Scheinrevoluzzer, weil der sich nach seiner Meinung allzu sehr seines Lebens freute und sich zu wenig grämte über die Ungerechtigkeiten der Welt. Natürlich wusste

er nichts von den mancherlei Tätigkeiten, die immer noch übrig geblieben waren, sah er ja nur seine eigenen vorderorientalischen Anstrengungen, in die der Mützenträger sich partout nicht einfädeln wollte, unter anderem, weil er sie sich finanziell nicht leisten konnte. Es war ihm leider nicht gelungen, zur Generation der Erben zu gehören.

Als mein Träger auf die Frage „Was macht ihr denn noch so?" nicht wie aus der Pistole geschossen eine Aufzählung weltbewegender Aktivitäten aufzählte, schloss der Aktivist daraus offensichtlich, was er ausdrückte mit dem bitteren Satz: „Ach, so. Ihr altert so vor euch hin." Er vergaß dabei, wie ich später aus Gesprächen meines Besitzers mit seiner Frau entnahm, dass der Aktivist sich häufig selbst übernahm, so dass schon eine erkleckliche Reihe seiner Körperfunktionen von Ersatzteilen übernommen werden musste, Kniebeugen, Rumpfgelenke und der Blutfluss um die Herzgegend herum. Was er womöglich als schmerzhafte Opfergabe wie ein besonderes Verdienst ansah. Und die Zurückhaltung des Scheinrevoluzzers als Feigheit, mangelnden Opferwillen, Faulheit und überhaupt ein Zeichen geringerwertigen Menschentums. Er bedachte dabei nicht, dass mein Besitzer, den er als den Mützenscheinrevoluzzer bezeichnete, keine Veranlassung sah, sich von einem schlechten Gewissen wegen eines angehäuften Reichtums annagen zu lassen, da ihn dieser einfach nicht drückte, weil gar nicht vorhanden.

Vor kurzem hatte mich mein Besitzer in seinem Lieblingsgeschäft entdeckt. Es war sozusagen Liebe auf den ersten Blick. Von beiden Seiten. Ich sah gleich, dass er eine Ausnahme unter den Kunden dieses Ladens bildete, jemand mit eigenen Vorstellungen, die sich nicht so ohne weiteres vor anderer Leute Karren spannen ließen, und der nicht nur hierher kam, weil unser Geschäft für niedrige Preise bekannt war, sondern der den eigenen Geschmack zu schätzen wusste, mit dem sich hier auch ältere Leute einkleiden konnten, ohne sich gleich einem dumpfen Flair von Muff und Hirnlosigkeit zu ergeben. Und er erblickte sofort in mir die Chance, an frühere jugendliche Zeiten anzuknüpfen, ohne sich ein gekünsteltes Mäntelchen umzuhängen. Und die Möglichkeit, Entwicklungen offenzulassen, ohne in Charakterlosigkeit zu verfallen. So wie ich gleichzeitig straff in der Form und weich in der Oberfläche meinen Schirm der Zukunft entgegenschob.

Für angemessenes Geld hatte er mich erstanden und damit aus meiner Konfektionsvermassung erlöst, und nun verfolgte ich aus meiner schwarzen Wolle heraus die Veranstaltung in dem traditionsbewussten Ratssaal mit seinen bürgerlichen Holzpaneelen und den Gemälden, die eine Flucht in heitere Mittelmeerlandschaften ermöglichten. Von der oberen Plattform der gediegenen hölzernen Garderobenstange, die einem Rad glich, auf welches der Delinquent im Mittelalter geflochten

wurde, vernahm ich den erschütternden Vortrag über die Leiden der Palästinenser und sah die Mienen der Aktivisten, die ihre Empörung professionell milderten und ihre unvermeidlichen Statements in Sachlichkeit kleideten, um ihre Zugehörigkeit zur Speerspitze der Bewegung nur leise anzudeuten. Wenn es auch viel Falschheit in der Betroffenheitsmimik und -rethorik zu vermerken gab, so konnte ich doch nicht verhehlen, dass die quälenden Lebensumstände der Menschen im sogenannten Heiligen Land und die Ungerechtigkeiten, denen sie ausgesetzt waren, mein Mitleid erregten.

Umso erstaunter war ich, dass die dunkelblaue Kollegin, die gleich neben mir auf der Ablage hing, keine Miene verzog, ja, es schien eher so, als verabscheue sie die gefallenen Worte oder misstraue ihrer Wahrhaftigkeit. Abgesehen von ihrem Mienenspiel war sie mir aber von Anfang an unsympathisch, da ihre labberige Konsistenz eine gewisse Charakterlosigkeit ahnen ließ. Ihr Besitzer war erstaunlicherweise ein jüngerer smarter Typ, dem man zunächst eine Kopfbedeckung von derart dekadenter Art nicht zugetraut hätte. Ich hatte ihn in seinem dunklen Anzug mit edelgestreifter Krawatte schon registriert, als er zu Beginn der Veranstaltung seinen schwarzen Wollmantel unter mir aufhängte und die Kollegin aus dunkelblauer Wolle neben mich legte, wo sie mich die ganze Zeit keines Blickes würdigte.

Die Diskussion nach dem Vortrag war noch nicht an ihrem Ende angelangt, als der Besitzer meiner merkwürdigen Nachbarin plötzlich aufstand, mit schnellen Schritten zu unserem gediegenen Ständer trat, kurz zu stocken schien, um dann – zu meinem großen Erstaunen- mit einer tennis- oder urlaubsgebräunten Hand - nach mir statt zu seinem angestammten Eigentum zu greifen. In diesem Moment zeigte sich wieder, dass wir mit Recht weder zu einer botanischen noch gar zu einer zoologischen Familie gezählt werden. Leider macht das die meisten unserer Besitzer so hochnäsig, dass sie uns auch jegliche Art von Seele absprechen. Wenn sie wüssten, wie ich mich unmittelbar nach dieser Ergreifung fühlte. Neben einer anfänglichen Verwirrung war es vor allem eine sofortige Abneigung gegen diesen doch sehr schönen und gepflegten Haarschopf, die mich erfüllte. Der Augenblick der Verwirrung hatte aber genügt, mich für einen Moment von dem abzulenken, was in der Versammlung ge- schah. Die Vorsitzende, die auch die Diskussion leitete, schien meinen eleganten Neubesitzer oder Entführer angesprochen zu haben. Was sie aber sagte, bekam ich nicht mit. Ich spürte ledig- lich, dass ihr Ton etwas Spitzes und Forderndes an sich hatte, was mich wunderte, da sie sonst eher eine vermittelnde Rolle einzunehmen schien. Der Mund an dem Kopf unter mir, der so aussah, als sei er gewandte und selbstbewusste Rede gewohnt, stammelte ein zages „Ja, mache ich", und dann ähnelte sein Abgang durch die

sorgfältig profilierte Tür und das noble Treppenhaus hinunter fast schon einer Flucht.

Der verlogene Geruch von billigem Glühwein
wehte vom Weihnachtsmarkt und seinen stereo-
typen Buden herüber, als mein forscher Träger in
den Taximercedes einstieg, den er mit einem
Fingerschnipsen herangewinkt hatte. Während er
nun sein silberblinkendes Handy aufklappte, rückte er nervös an mir herum. Er merkte wohl schon,
dass er mit mir einen unpassenden Griff getan
hatte. Dem Taxifahrer, der schon ungeduldig zu
uns nach hinten schaute, nannte er eine Adresse
in dem Stadtteil, in dem zwischen ländlichen Abschnitten und Waldstücken anspruchsvolle Villen
ihr idyllisches und abgeschlossenes Dasein friste-
ten. Offensichtlich war es seine Frau, der er nun
mitteilte, dass er schon früher als geplant nach
Hause komme. „Das habe ich ja nicht nötig, mich
solchen Unverschämtheiten zu stellen. Und das
war auch so nicht verabredet." Seine metallische
Stimme klang hochmütig und ein wenig verbittert.

Das breite Gartentor schob sich langsam und
geschmeidig zur Seite, als mein Entführer auf
einen Knopf an seinem Schlüsselbund drückte,
so dass wir ungehindert den von zwei Laternen
bestandenen geschwungenen Weg über den ma-
kellosen Rasen zur weißen Haustüre hinanschrei-
ten konnten, die sich nun ebenfalls mit einer gewissen Ehrerbietung zu öffnen schien. Eine Frau
mit einer komplizierten blonden Frisur stand uns
gegenüber, und als sie ihrem Ehegatten einen

mustergültigen Kuss auf die sorgfältig rasierte Wange drückte, umwehte mich der raffinierte Duft eines teuren Parfüms. Die nicht vorhandene Kompatibilität des geschniegelten Kopfes unter mir und seiner gehobenen Umgebung mit meiner Wenigkeit führte wohl dazu, dass es einen Ruck auf seinem Schädel gab, so dass ich beinahe das Gleichgewicht verloren hätte, und zu dem erschrockenen Ausruf der gar nicht preiswerten Blonden: „Deine Mütze! Das ist doch nicht deine Mütze!" Es klang so, als hätte sie ihren Gatten an einem Rednerpult in der Unterhose gesehen. Den Blicken einer schamlosen Öffentlichkeit preisgegeben.

Zu meinem nicht geringen Erstaunen zeigte sich dann, dass ich nicht durch ein Versehen auf diesem klugen Schädel gelandet war, sondern nach zwar schnell, aber umso kalkulierter angestellten Überlegungen. Es galt eine Wählerschaft bei Laune zu halten, die zwar traditionell, aber unberechenbar moralisch dachte, und die auf Symbole empfindlich reagierte. Eine entschiedene Haltung, was die Beachtung von Menschenrechten und die Abneigung gegen kriegerische Aktionen anging, musste demonstriert werden. Und vor allem eine Tugend, die einen erheblichen Einsatz von Werbestrategien erforderlich machte, die unbequeme Darstellung nämlich von Wahrhaftigkeit. Als er also den Ratssaal verließ, in dem Moment, in dem es für ihn brenzlig wurde, weil die Vorsitzende die verfängliche Frage stellte, die er befürchtet hatte, war ich ihm wie ein Geschenk des Him-

mels, wenn man das noch so ausdrücken darf, erschienen, da er sofort den Unterschied zu seinem eigenen Nimbus erfasste, in dem Unbestechlichkeit und Prinzipientreue Fremdwörter waren. Die Chance, seine Flucht mit diesen Insignien zu dekorieren und mich gegen seinen alten Lorbeer auszutauschen, waren dann eins. Ich war erstaunt über die Offenheit, mit der er diese Überlegungen seiner Gattin mitteilte.

Das Telefonat, das er anschließend führte, erstaunte mich etwas weniger. Seinen Mantel hatte er schon an der Garderobe aufgeknüpft, als sein Handy klingelte und er unmittelbar nach der Namensnennung des Gesprächspartners Haltung anzunehmen schien. Er war noch nicht dazu gekommen, auch mich in der Garderobe zu verstauen, als ihn jemand ansprach, dem er offenbar mit dem größten Respekt begegnete. Es hätte mich nicht gewundert, wenn er die Hände an die Hosennaht genommen hätte. Sein Gesicht nahm einen angespannt devoten Ausdruck an, und in seinen Antworten kam das Wort „Jawohl, Herr Soundso" auffallend oft vor. Auch das Wort „Arbeitsplätze" fiel mehrmals sowie „misstrauisch geworden" und „Vertrauen wiederherstellen". Zum Schluss, als sie sich zu einem Treffen auf dem Golfplatz verabredeten, ließ die Anspannung in seinem Gesicht deutlich nach. Die Tatsache, dass er mich sodann mit einem deutlichen Widerwillen auf die Ablage in seiner blitzenden Garderobe warf, erfüllte mich mit einer gewissen Erleichterung, obwohl sie mich zunächst zu Untätig-

keit und Abwarten verdammte. Ich wusste aber schon, dass ich bald wieder auf dem Kopf landen würde, auf den ich gehörte.

****

Dieser Kopf hatte es nicht über sich gebracht, die dunkelblaue Charakterlosigkeit als vorübergehende Alternative zu akzeptieren. Er wandte sich an die Vorsitzende, die sich allerdings in wichtigen Gesprächen mit den Aktivisten befand, um ihr sein Missgeschick zu klagen und sie um Rat zu fragen. Wie konnte er sie nur mit einer solchen Lappalie belästigen? Sie wolle sich aber kümmern, versprach sie ihm zwischen zwei Sätzen, die sie gerade mit seinem ehemaligen Quasifreund wechselte. Er sah sich nun gezwungen, seine labile unsportliche Körperhaftigkeit Wind und Wetter auszusetzen, bis sich der vermutliche Irrläufer bzw. Irrgreifer bei der Vorsitzenden melden würde. Nicht wissend, dass diese gleich beim Verlassen des getäfelten Ratssaals das charakterlose Blau erblicken würde, es in ihrer naiven und unerfahrenen Seelenlage für die Krone des Scheinrevoluzzers halten würde und sie mit nach Hause nähme, um ihm bei der nächsten Gelegenheit ihren Fund und seine Blindheit mitzuteilen.

Die nächste Gelegenheit bot sich per Telefon am nächsten Tag. Sie habe seine Mütze an seinen alten Freund weitergegeben, den er ja ab und an wohl treffe. Nein, eher selten. Aber wer habe

denn seine Mütze abgegeben? Abgegeben? Keiner. Sie selber habe sie da gefunden, wo sie hingehörte. Auf der Garderobe etwa? Natürlich. Welche Farbe sie denn habe? So ein verwaschenes Blau. Ja, die kenne er. Die habe er auch da gesehen. Das sei aber nicht seine. Ach so. Schweigen. Seine sei also noch nicht aufgetaucht. Dann wohl nicht. Schweigen. Was habe sie übrigens am Ende der Veranstaltung den Menschen gefragt, der vorzeitig den Raum verließ? Er habe das nicht richtig mitbekommen. Den Abgeordneten? Ob seine Partei sich endlich gegen Waffenlieferungen nach Israel einsetze. Und was habe er geantwortet? Nichts, nur etwas genuschelt und dann schnell den Raum verlassen. Aha. Ja, aha.

Ob er teilnehme an der geplanten Mahnwache auf dem Marktplatz, wollte sein aktiver Quasifreund wissen, als er ihn anrief. Was denn dort angemahnt werde. Na, natürlich die Beendigung der unmenschlichen Zustände in Palästina. Und wer sollte davon überzeugt werden? Die Bevölkerung, halt alle. Meinst du denn, die sind davon nicht überzeugt? Schweigen. Also nimmst du nun teil? Hat sich eigentlich schon jemand gemeldet, dem die dunkelblaue Mütze gehört? Ich denke, die gehört dir. Nein, das ist eine Verwechslung. Schweigen. Werden nicht die Weichen ganz woanders gestellt? Kann sein. Schweigen.

Der Hausmeister im Rathaus, ging es ihm durch den Sinn. Dort müsste die Mütze abgeliefert werden, falls es sich wirklich um eine Verwechslung handelte. Und da war sie tatsächlich, als er sich dort meldete. Als er sie aufsetzte, fühlte er sich wie neugeboren. Die Anflüge von Erkältung, die ihn erreicht hatten, waren wie weggeblasen. Als sei er wieder im Besitz eines Körperteils, der ihm eine Zeitlang verlorengegangen war.

„Wer hat sie denn gebracht?"

„Er möchte nicht genannt werden."

„Er möchte nicht genannt werden? Merkwürdig."

„Haben Sie denn seine Mütze?"

„Nein, die ist jetzt bei einem Bekannten gelandet."

„Dann sagen Sie ihm doch bitte, er möchte sie hier abgeben."

„Mach ich."

„Aber im Vertrauen gesagt, Ihnen steht sie viel besser."

„Finden Sie?"

****

Ich wäre ihm beinahe wieder vom Kopf gefallen, so hüpfte mein Herz, als ich mich wieder am richtigen Fleck befand. Überhaupt das Herz am richtigen Fleck. Und das schöne Gefühl, wenn das obere Ende eines Körpers sein angemessenes Ende fand. Ich gab mir alle Mühe, meine Erfahrungen und meine Stimmung weiterzugeben, wenn das unsereins normalerweise auch gar nicht zusteht. Aber was wird nicht alles durch ein glückliches Zusammentreffen ermöglicht. Da wird

auch Unmögliches plötzlich wirklich. Ich spürte es schon an seinem beschleunigten Schritt. Wir brauchten kein Wort darüber zu verlieren, wohin er ihn lenkte.

Das Rathaus in historisierenden Formen lag gleich neben dem alles beherrschenden Markt, der sich angeblich seine Regeln selber gab. Es gab aber Stimmen, die behaupteten, sie entstünden auf dem gepflegten Golfplatz im angrenzenden Naturparkgebiet. Da man sich nun schon seit Jahren in einer Schlechtwetterperiode befand, führte man Wahlveranstaltungen meistens in großen Innenräumen durch, in Theatern, Lichtspielhäusern oder Spiegelsälen. Vor kurzem war im künstlerisch wertvollen Stadttheater „Des Kaisers neue Kleider aufgeführt worden", das leider fast ausschließlich von Kindern besucht und von diesen begeistert beklatscht wurde.

Da für politische Veranstaltungen diese Räume angemietet werden mussten und die Miete wegen der klammen Finanzlage der Kommunen immer teurer wurde, überlegten die Parteien der Großen Koalition schon –und damit ist nicht die Koalition mit den Chefs von Banken und Rüstungs- und Autokonzernen gemeint-, ob sie ihre Auftritte nicht gemeinsam durchführen sollten oder vielleicht sogar mit allen etablierten Parteien zusammen. Bisher scheiterten diese Pläne allerdings an Sicherheits- und Imagefragen, wo die Meinungen noch zu stark auseinandergingen. Es gab da vor allem dieses Dilemma, das sich auf die Bühne

bezog. Bühne oder Podium boten ja nicht nur das Gefühl eines höheren Daseins, sondern auch eine gewisse Sicherheit, die man nicht leichtfertig aufs Spiel setzen wollte, indem man sich sozusagen dem Pöbel anheimgab. Andererseits durfte es nicht dazu kommen, dass der Pöbel dachte, man wolle sich abheben, erheben, überheben. Das Denken des Pöbels war ja überhaupt so ein Problem. Einerseits war man der Meinung, dass er so richtig gar nicht dazu in der Lage war. Zum Denken, meine ich. Deshalb beschimpfte man die wenigen Ausnahmen unter den Politikern, die das anders sahen, auch sofort als Populisten. Wobei sie an Pöbel dachten, nicht aber daran, dass in dem Wort das lateinische Wort für Volk steckte. Andererseits gab es seit Jahren das, was in der Öffentlichkeit mit „Vertrauenskrise" und „Politikverdrossenheit" bezeichnet wurde. Man schaffte es einfach nicht, diese Wörter in den Medien zu eliminieren. Deshalb hatte man den Begriff „ein Politiker zum Anfassen" kreiert, was dann aber eine gewisse Verpflichtung zum Abbau von Bühne und Podium beinhaltete. Ein unlösbares Dilemma, wie gesagt. Bisher.

An den Saalordnern mit ihren roten und schwarzen Armbinden vorbei bewegten wir uns nach vorne, mein Träger, nun mit erhobenem Haupt, und oben drauf ich, mit kaum verhohlenem Stolz, der durch die misstrauischen Blicke der Ordner noch genährt wurde. Das Loblied, das der Abgeordnete, wieder in seinen seriösen Anzug gekleidet, die dunkelblaue Kappe als Alibi vor sich auf

dem Tisch, gerade auf Freiheit und Menschenrechte sang, reizte uns zu ironischen Zwischenrufen, die sich langsam, aber sicher dem Nachfolgenden annäherten. Mit dem Nachfolgenden meine ich nicht die unsicheren Blicke, die sich die roten und schwarzen Bindenträger zuwarfen, sondern den plötzlichen Schritt und Sprung auf die Bühne, mit denen dann doch niemand gerechnet hatte, den Griff zum Mikrofon und die laut und deutlich an die Menge gerichteten Worte, in denen mein ehemaliger Scheinrevoluzzer die Freundschaft des Abgeordneten mit dem Waffenhersteller bloßlegte und ihre institutionell geheiligte Golfplatzallianz. Die man jetzt und sofort durch einen Zug durch die Gemeinde bis hin zu seinem festungsartigen Rasenbungalow feiern könne. Entsprechende Transparente für die anwesende Presse habe er vorsorglich in seinem Wagen in der Tiefgarage unter dem Theaterbau gelagert, so dass man unmittelbar zur Tat schreiten könne. Nur so könne endlich damit begonnen werden, das jahrzehntelange schreiende Unrecht zu Grabe zu tragen. Dann nahm er mich in die Hand und wedelte mich der Menge entgegen, die nun in einen –wenn auch nach einer gewissen Verblüffungspause- frenetischen Applaus ausbrach.

Die Frage war nur: Hatten sie wirklich verstanden? Und würden sie sich wirklich entschließen, dem Protestzug zu folgen, wenn der Abgeordnete sich erst einmal gesammelt und die mit den roten und schwarzen Schleifen ihre Befehle erhalten hätten?

171

Ein Kellner mit Verant-
wortung

„Fahrräder nicht vor dem Spielplatz abstellen!" mahnte die mit Kreide beschriebene Tafel. Die Präposition vor. Der Spielplatz hatte vier Seiten. Von welcher Seite aus dachte der Schreiber? Vom Spielplatz aus? Dann lagen alle Seiten davor. Also stellte ich die Fahrräder neben unseren Biertisch im Biergarten. Obwohl Sigrid schon Ärger witterte. Restriktion bedeutet umfassende Restriktion. Aber wozu? Neben unserem Tisch die Fahrräder war aber allzu bequem. Wir brauchten Korb und Rucksack nicht abzuschnallen, weil wir alles blick- und griffbereit hatten. Das musste ja schiefgehen. Musste bestraft werden. Und dann mit einem Griff hinter uns in einem Kasten gleich die umfangreiche Speisekarte. Ein himmlischer Biergarten im wahrsten Sinne des Wortes.

„Ische habe extra aufe die Tafel geschrieben. Gestern ist schon eine Fahrrad aufe eine Kind gefallen."

In schwarzer Hose und weißem Hemd stand er mit vorwurfsvoller, von Verantwortung gequälter Miene vor uns und nahm –leicht ver-

ärgert- die Speisekarten an sich, weil die heute keine Geltung hätten.

„Esse gibete nure Eintopf."

Welchen?

„Gulasche."

Morgen erwarte er zehntausend Gäste, da dann der Brotmarkt stattfinde. Deshalb habe er alles etwas zusammengeruckete. Aus Sicherheitsgründen. Er sei schließlich verantwortlich.

Also die Fahrräder um die Ecke gestellt, wo wir sie nicht mehr sehen konnten. Und Gulasch-Eintopf bestellt. Zweimal. Und das älteste Klosterbier der Welt.

Nach einiger Zeit:

„Wire habe keine Gulasche mehr. Rinderfleischeintopf." Gut. Rinderfleischeintopf. Können Sie uns denn etwas Schatten besorgen? Alle Tische stehen ja voll in der Sonne.

„Inne drei Minute habene Sie Schatten. Ische garantiere, dottore."

Das war dann tatsächlich so. Ganze genau in drei Minute. Unglaublich! War er Herr des Sonnenlaufs?

Mittlerweile nahmen am nächsten Tisch ein Mann und zwei Frauen Platz, die wohl auch mit dem Fahrrad gekommen waren und nun endlich nach langer Fahrt in der Sonne ein wenig Schatten haben wollten. Sie rückten einfach ihren Tisch mit ihrer Bank etwas nä-

her an das Klostergebäude mit dem barocken Eingang heran.

„Das gibt Ärger", gab ich in Vorfreude von mir. Sigrid stieß mich in die Rippen.

Ich konnte schon kurz danach triumphieren. Strenger Ordnungsblick.

„Dasse gehte nichte. Isse gefährlich."

„Also, wat soll denn hier jefährlich sein? Dat müssen Se mir mal erklären."

Nun lief er zur Vollform auf. Ungehalten wackelte das Schildchen mit dem Vornamen Marcello, wenn ich richtig sah, an seinem blütenweißen Hemd. Verantwortung. Viele Menschen. Feuerwehrvorschriften. Unfallgefahr.

„Wat soll denn hier passieren?"

„Ische könnte uber den Tische stolpere, dottore." Ah, noch ein Dottore!

„Ja, dat is dann Ihr Problem."

Als ich laut lachte, wieder ein Rippenstoß von Sigrid. „Der merkt doch, dass du über ihn lachst." Dabei lachte ich gar nicht über ihn. Nur über die Situation. Ausgerechnet ein Italiener deutscher als jeder Deutsche. Gleichzeitig ahnte ich, dass alles italienschkölsch ausgehen würde. Wie sollte die nördlichste Stadt Italiens sich nicht mit einem Italiener verständigen können?

Als er neben mir der Anhängerkupplung eines Schaustellerwagens, die fast in die Biertischreihen hineinragte, einen Verkehrs-Gummihut verpasste, so dass man dort jetzt

nur noch mit einem akrobatischen Akt vorbeikam, las ich betont auf seinem Namensschild „Marcello Mastroianni", obwohl sein Familienname ein anderer war. Der Übergang zum Gefühl der Familienzugehörigkeit der Schlitzohren.

„Ische bine Marcello. Aber nichte Mastroianni. Der isse tot. Ische lebe. Un dere hatte Gelde. Ische nichte. Das isse Unterschiede."

Allgemeines Gelächter als Applaus. Und anschließend die psychologisch-wissenschaftliche Untermauerung der Zusammengehörigkeit durch gemeinsames Betonen der Übertreibungen der Feuerwehr und der Sicherheitsbestimmungen. Die ja an sich nicht schlecht seien. Um auch deutsche Bedürfnisse zufriedenzustellen und nur ja nicht den Verdacht aufkommen zu lassen, Deutschland solle nun in Italien eingemeindet werden. Der Dottore-Titel war nun aber abgeschafft. Zugunsten der Familienzugehörigkeit.

Für den Nachlass

Ich füge dieses Schriftstück meinen übrigen Aufzeichnungen bei, die ja teilweise durchaus für Veröffentlichungen geeignet sind, wie mir auch von Freunden immer wieder gesagt wurde. Es ist bisher noch nicht dazu gekommen, weil ich zu sehr vom Schreiben selber und auch von zahlreichen Reisen zeitlich zu sehr in Anspruch genommen wurde. Vielleicht kommt es aber doch noch dazu. Dieses Schriftstück ist aber nicht für eine Veröffentlichung bestimmt. Es soll vielmehr meinen Freunden und vor allem meiner Verwandtschaft im Falle meines vorzeitigen Ablebens sozusagen Rechenschaft ablegen über einen Teil meines Denkens.

Ich bin, wie ihr ja alle wisst, überzeugter Rationalist und jeglicher Gefühlsduselei und vor allem religiösem Spintisieren abhold. Dabei besitze ich aber trotzdem Aufgeschlossenheit und auch eine wohl nicht zu verachtende Kennerschaft des Künstlerischen in jeder Hinsicht. Bekannt geworden ist ja auch meine gut lesbare Übersetzung des Gilgamesch-Epos aus dem Jungbabilonischen, das ich mir nur zu diesem Zweck – dank meines guten Gedächtnisses und eiserner Arbeitsdisziplin – in zwei Jahren angeeignet hatte. Alles Mythische nehme ich mit Interesse zur Kenntnis, erfreue mich bei jeder Gelegenheit des schlechten Gedächtnisses angeblicher Freunde

der Literatur und der Religion und weise ihnen mit Genugtuung ihre Unwissenheit und die zahlreichen Verdrehungen und Verdrängungen ihrer Weltanschauungen nach. Alle Kenntnisse und Einsichten dieser Art beirren mich in keiner Weise in meiner mathematisch- naturwissenschaftlichen Geisteshaltung.

Gerade weil ich als ein solcher bei Verwandten und Bekannten bekannt bin und gleichzeitig immer für Ehrlichkeit im Denken und im Handeln eingetreten bin, möchte ich die im Folgenden aufgeführten Ereignisse nicht verschweigen, zumindest nicht so, dass sie auch nach meinem Ableben auf keinen Fall bekannt werden können. Ich bin nach wie vor nicht geneigt, mein bisheriges Denken in Zweifel zu ziehen, doch kann ich auf der anderen Seite dieses bedenkliche Detail nicht verschweigen. Vielleicht werden es ja andere bewerten und verwerten.

Meine Schwester ist vor zwei Jahren durch Selbstmord aus dem Leben geschieden. Nicht dass ich froh darüber gewesen wäre, aber ich will nicht leugnen, dass es mir ein gewisses Gefühl der Erleichterung verschaffte. Mittlerweile war sie ja doch so etwas wie die Schande der Familie geworden. Ihre Lebensumstände konnte man eigentlich nur noch als skandalös bezeichnen, und sie legte es regelrecht darauf an, diese Umstände zu propagieren und uns damit zu provozieren. Wir waren öfter ja peinlicherweise schon von anderen Leuten auf ihre Situation angespro-

chen worden. Als wären wir für ihre Haltung und ihr Leben verantwortlich. Außerdem versuchte sie bei jeder Gelegenheit meine Frau –möglichst in aller Öffentlichkeit - zu demütigen, da sie offensichtlich eifersüchtig auf sie war. Sie schwärmte zugleich immer wieder von unserer gemeinsamen Kindheit und unserer guten Geschwisterbeziehung zueinander – auf eine Art, die allen Zuhörern sogleich peinlich wurde. Manchmal hätte man meinen können, sie spräche von uns als einem kindlichen Liebespaar.

Als die Situation immer unerträglicher wurde, muss ich gestehen, dass mir manchmal der Gedanke kam, es wäre besser für alle, auch für ihren Mann, ihren unmöglichen Geliebten und ihre Tochter, wenn sie nicht mehr lebte. Denn eine Bereinigung der verfahrenen Situation war weit und breit nicht in Sicht.

Nun las ich um diese Zeit gerade ein Buch über mittelalterliche Drogen und Gifte, mit einem interessanten Kapitel über eine der giftigsten Pflanzen, die sich auch heute noch in unseren Gärten befinden, den Eisenhut. Wenige Gramm vor allem aus dem Wurzelbereich genügten angeblich für eine tödliche Dosis. Und der Tod kommt dann schnell und unweigerlich.

Zu meinem Erstaunen stellte ich bei einem Besuch meines besten Freundes fest, dass dieser Eisenhut im Garten hatte. Er wusste von der äußerst giftigen Wirkung der Pflanze, sah aber kei-

ne Gefahr für sich und seine Frau, da sie sich immer entsprechend vorsahen und zudem keine Kinder hatten, die sich unvorsichtig der Pflanze hätten nähern können.

Meine Schwester hatte schon zwei Selbstmordversuche hinter sich, die ihr erhebliche Unannehmlichkeiten und Schmerzen verursacht hatten. Bei Eisenhut wäre das sicher nicht der Fall. Ich versuchte mir vorzustellen, wie sie dabei vorgehen könnte. Sie selber hatte die Pflanze, soweit ich mich erinnerte, wohl nicht im Garten stehen. Aber mein Jugendfreund. Den kannte sie auch, hatte ihn aber mit Sicherheit viele Jahre nicht mehr gesehen. Wenn sie also jetzt plötzlich bei ihm auftauchen würde, müsste sie eine einigermaßen plausible Erklärung parat haben. Unsere gemeinsam verbrachte Jugend, genau das wars. Sie könnte nach einem Foto fragen, das sie angeblich zu meinem achtzigsten Geburtstag verwenden wolle. Das konnte dann gleichzeitig den Grund abgeben für eine Bitte um Verschwiegenheit mir gegenüber, da es sich ja um eine Überraschung für mich handeln sollte.

Zu dieser Überraschung kam es natürlich nicht, da ein solches Foto gar nicht existierte. Etwa ein halbes Jahr nach der Beerdigung meiner Schwester feierte ich meinen achtzigsten Geburtstag. Neben vielen anderen Reden hielt mein Jugendfreund eine Lobrede auf unsere alte Freundschaft. Zu späterer Stunde, als viele Gäste schon gegangen waren und mein Jugendfreund

und ich in einer Ecke des Esszimmers zusammen von alten Zeiten redeten, kamen wir auch auf den Tod meiner Schwester zu sprechen. Als offizielle Todesursache galt allen Bekannten und Verwandten außer dem engsten Familienkreis ein Herzversagen. Das hatte auch mein Freund, der von der Beerdigung lange nichts gewusst hatte, erfahren.

„Weißt du eigentlich, dass deine Schwester kurz vor ihrem Tod bei uns gewesen ist? Ich war sehr überrascht, als sie sich vorstellte, da wir uns ja viele Jahre nicht gesehen hatten. Ich erkannte sie zuerst kaum wieder. Gegenüber früher wirkte sie äußerst elegant. Dazu im Gegensatz stand nur eine simple Plastiktüte, die sie in der Hand hielt. Sie äußerte sich lobend über unser Haus und wollte unbedingt einen Blick in den Garten tun.

Ich fragte mich gleich, was sie wohl eigentlich bei uns wolle. Bei mir wolle, denn meine Frau war, wie an jedem Dienstag, zu einem Treffen mit alten Freundinnen unterwegs. Als wir nach der Besichtigung unseres Gartens dort am Gartentisch zusammensaßen, fragte sie mich nach einem Foto, das dich, deine Schwester und mich zusammen auf der Wiese im Schwimmbad zeige. Das habe damals eine Freundin von ihr gemacht. Ich konnte mich an ein solches Foto nicht erinnern. Sie war aber ganz sicher, dass ich dieses Foto haben müsse. Ich hätte es sicher in einem entsprechenden Fotoalbum. Ob ich nicht mal nachschauen könne. Sie würde es gerne für ei-

ihm / nach Wasser lechzend / jahrelang" oder „Später dann /verlor sie ihr Gehör / und vernahm nur unbarmherzig / das Ticken dieser großen Uhr"?

Es gab auch keinen Zweifel, dass sie es war. In Schlesien geboren, heute wäre es Polen. An der Pädagogischen Hochschule in Köln studiert. Die Jahre stimmten auch. Und das Interesse am Theater hatte sie schon immer gehabt. Sie wollte ihn damals überreden, in der Theatergruppe der Hochschule mitzumachen. Was er nicht wollte. Weil er damals viel zu viele Hemmungen gehabt hätte, in der Öffentlichkeit aufzutreten. Außerdem ahnte er, dass damals sein ganzes Leben ein geheimes Theaterspiel war. Hätte er offiziell Theater gespielt, hätte er eine Entlarvung seiner Zerbrechlichkeit gefürchtet. Da war sie ganz anders. Sie strebte nach vorne. Weil sie eine Mission hatte, oder weil sie ihr Geltungsbedürfnis anders als er ohne Scham präsentierte?

Ihrem Strahlen konnte er nicht widerstehen, wenn sie nach der Vorlesung über die Freitreppe die lichte 50er-Jahre-Architektur des Flurs betrat. Ihr Strahlen verkündete ihm, dass es auf der Welt nichts Wichtigeres gebe als ihn oder ihre junge Bekanntschaft. Er fühlte sich geschmeichelt, in einem Mittelpunkt, den er bis dahin noch nicht genossen hatte. Doch mischten sich in das Strahlen ihre vorstehenden Zähne wie unübersehbare Stufen. Stufen, die ihn immer von ihr abhalten würden. Das war ihm sonnenklar. Ihm und auch

seinem Freund Walter, der sich über sie lustig machte. Helmut spürte in dem Spott seines Freundes allerdings auch ein wenig Eifersucht. Zu ihren abstrakten Unterhaltungen über Philosophie, Theologie und Pädagogik traten nun auch Gespräche über Literatur und Theater, Welten, die Walter eher fremd erschienen, weniger wichtig.

Verließ Helmut den Hörsaal, um sie auf dem Flur zu treffen, so gab ihm das glatte, aber feste Plastikgeländer neben der freischwebenden Treppe den Halt, den er brauchte, um sich zu entscheiden, ob er sie treffen oder ihr ausweichen sollte. Die geschwungene Form der Treppe kam ihm wie ein labiler Befreiungsversuch vor, ein gekünstelter Schwung, der die Last der Kriegsjahre und die Dumpfheit der Nachkriegszeit übertünchen und überbrücken wollte. Fast fühlte er so etwas wie eine Verpflichtung, sie zu treffen, weil er wusste, dass sie es unbedingt wollte. Er hätte sie nicht vor den Kopf stoßen können, indem er einfach verschwand. Dann hätte sie gemerkt, dass ihr spitzes Gesicht, ihre vorstehenden Zähne und ihr etwas gebeugter Rücken ihn davon abgehalten hätten, ihre geistig-seelische Beziehung zu dem werden zu lassen, was sie eigentlich wollte: einer vollständigen Hingabe.

Seit Jahren, seit seiner Kindheit mit einer Mutter, die er liebte und deshalb nie als autoritär empfunden hatte, war für ihn selbstverständlich, dass er nie intime Beziehungen zu einem Mädchen

haben würde, das er nicht danach heiraten würde. Diese Haltung wurde verstärkt durch den Einfluss der Jugendbewegung und den der Jesuiten, die die Organisation betreuten und leiteten. Und auch seine Begeisterung für die Literatur der Romantik lief in die gleiche Richtung. So sehr, dass die Jahre der Pubertät mit ihren drängenden körperlichen Gefühlen für ihn zu einer großen Qual, ja, zu einem Gefängnis wurden, aus dem er sich jetzt erst langsam zu befreien begann, im gleichen Maße, wie er sich langsam von seinen kirchlichen Bindungen zu befreien begann. Aber langsam, langsam!

So blieben ihre Begegnungen vorerst beschränkt auf das Austauschen von Meinungen, zaghaft auf das Austauschen der schriftlichen Ergüsse, die sie verfasst hatten. Das war für ihn eigentlich schon eine nahezu unerhörte Öffnung. Noch nie hatte er jemandem sein Gedicht an den Wind gezeigt, das seine zarte Sehnsucht offenbarte, seine Sehnsucht zu etwas, was er selber nicht zu benennen gewusst hätte, und das nur eine starke Vergröberung als sublimierte Sexualität zu deuten gewagt hätte. Ihr konnte er das Gedicht aber zeigen. Weil sie von den wenigen Mädchen, die ihm je begegneten, die erste war, die so etwas wie literarisches Interesse zeigte. Früher hatte er dieses Interesse nur mit seinen zwei oder drei Freunden geteilt, aber selbst denen hatte er seine Gedichte nie gezeigt, weil er sich geschämt hätte. Merkwürdigerweise vor Laura nicht. Und sie fand auch sofort eine Antwort auf sein Vorzeigen. Ein

paar Tage später brachte sie ein Gedicht mit, von dem sie meinte, das sei das ihr Entsprechende. Was ihm der Wind, das sei ihr die See. Es gefiel ihm wegen seiner Knappheit und seiner Konkretheit, gleichzeitig war da aber etwas Festes, Dinghaftes, was überhaupt nicht dem Flüchtigen, Sehnsüchtigen seines Windgedichts entsprach. Das befremdete ihn. Er wusste noch nicht, was das wirklich bedeutete. Vielleicht erahnte er es mehr an dem Tanzabend, an dem ihre Beziehung ihr jähes Ende finden sollte.

Einmal drehte sich ihr Gespräch um den einen der drei Psychologieprofessoren, ausgerechnet den, den er nicht so sehr schätzte. Er fand ihn langweilig, hausbacken. Der Eloquente mit dem großen Zulauf, der die ironisierende Vorlesung über Charakterkunde hielt, gefiel ihm viel besser, sogar den Entwicklungspsychologen, der seine Vorlesung mit Fakten gespickt hatte, zog er vor. Aber doch nicht dieser Moral ausschwitzende alte Mann, der mit Sorge die lockeren Paarbildungen an der Hochschule beobachtete und kommentierte! Er wollte offensichtlich den jungen Männern ins Gewissen reden, die sich einen Tag eine Flamme zulegten, sich kurze Zeit daran wärmten oder erhitzten, um sie dann nach kurzer Zeit wieder ohne Verantwortung, wie er es nannte, verlöschen zu lassen. Wie eine geleerte Hülse fallenließen.

Warum schwärmte sie für diesen alten Mann? Hatte sie ihn womöglich einmal aufgesucht und

ihm ihren Liebeskummer gestanden? Weil sie fühlte, dass Helmut nicht erwiderte, was sie für ihn empfand? Oder entsprach er einfach ihrer Art, die Wirklichkeit zu sehen? Von moralischer Verantwortung und vielleicht von so einer Art moralischer Keule zeugte ja auch das, was sie heute trieb. Sie hatte sich viel mit Zwangsarbeit in der Nazizeit befasst. Und nun der Roman über den jüdischen Jungen aus Schlesien. Warum? War das nicht doch eine Projektion ihrer eigenen Enttäuschungen? Wie würde sie reagieren, wenn er ihr heute seinen Kommentar zu der Verurteilung des Gedichts von Günter Grass schicken würde? Würde sie sich so sehr mit dem Schicksal der Juden identifizieren, dass sie auch kein Verständnis für Grass hätte? Der meinte, man müsse die Kriegsgefahr ins Auge fassen, die heute von einem jüdischen Staat bzw. von Israel ausgehe. Was natürlich grotesk, aber deshalb nicht weniger wahr war. So ist es ja manchmal in der Geschichte wie auch im persönlichen Leben: Der Gequälte, Geschundene wird später unter Umständen selber zum Täter. Wie würde sie zu all dem stehen? Das würde er sie schon gerne fragen.

Wie er sie auch gerne fragen würde, ob mit der Knospe, die nie zur Blüte gekommen war, seine Person gemeint sei. Wobei es sich auf ihrer Seite um einen Irrtum handelte. Es könnte natürlich sein, dass die Aufklärung dieses Irrtums sich für sie zu einer Katastrophe auswachsen würde. Die darin bestünde, dass ihr ganzes Leben auf diesem Irrtum gegründet hätte. Aber vielleicht bildete

er sich das ja alles nur ein. Indem er sich selber zu wichtig nahm, ihre damalige Beziehung zu wichtig nahm. Oder die Menge der Zeit unterschätzte, die mittlerweile verronnen war. Für ihn hatte das alles ja keineswegs eine existenzielle Bedeutung. Sein neuerliches Interesse war vielmehr auf seine allgemeine Neigung zur Neugierde, vielleicht sogar eine gewisse Sensationslust oder das Bestreben zurückzuführen, die verschiedenen Fäden seines Lebens schließlich zu einem Gewebe zusammenzuführen, das ihm passte wie Josef das farbige Gewand, das ihm sein Vater geschenkt hatte, und um das ihn seine Brüder beneideten.

***

Wenn man zum Klo wollte, musste man über die ausgetretenen Treppenstufen eine halbe Etage nach unten steigen. Durch das kleine Fenster sah man in den dunklen Schacht des Hinterhofs. Die geschwärzten Ziegel bewahrten in ihrem klebrigen Belag die Spuren alter Zeiten, auch der zerbombten Nachkriegszeit, in der Teile der Stadt eine traurige Hügellandschaft darstellten, mühsam von menschlichen Pfaden wie von Ameisenwegen durchzogen. Für Helmut trotz der eigenen Kriegserlebnisse eine fremde Welt, da die Armut des rechtsrheinischen Stadtteils, in dem er aufgewachsen war, immer vom Grün der nahen Wälder gelindert wurde. Und die andere Stadt in der Nähe, in der er jetzt wohnte, war ein ungestümer Aufbruch in neue Zeiten, ohne Trümmer, voll von optimistischem Beton. Normal, immer

normal. So wie seine ganze Umgebung. Die geordnete Umgebung, die seine vom Krieg gezeichnete Verwandtschaft und seine Eltern ihm mit Mühe geschaffen hatten. Langweilig. Etwas fehlte ihm darin. So dass er seine Abenteuer in den Romanen von Dostojewski und Heinrich Böll suchte. Weniger im Tod Lumumbas oder in der Wahl Kennedys, die die Zeitungsausschnitte an dem verrosteten Nagel neben der Kloschüssel vermeldeten. Er spülte sie nach dem Gebrauch durch einen Zug an der Messingkette mit dem Porzellanknauf in die dunkle Tiefe des Hauses hinab.

Sein Freund Walter, der das Zimmer zusammen mit Heinrich bewohnte, stammte von einem Bauernhof in Oldenburg. Beide hatten ihr Theologiestudium mit schlechtem Gewissen an den Nagel gehängt, weil das Pochen ihres Blutes ihnen davon abriet, ein Leben in Keuschheit zu versprechen. So hatten sie das Zweitmoralischste gewählt, den Lehrerberuf. Bei Helmut konnte von Entscheidung keine Rede sein. Er kannte halt keinen anderen Beruf mit Studium als den des Lehrers. Und dass man nach dem Abitur ein Studium absolvierte, stand für ihn und seine Eltern außer Frage. Wozu hätten sich seine Eltern, bei denen er noch immer wohnte, sonst jahrelang für ihn krummgelegt?

„Mensch, das ist ja eine Wohnung wie aus einem Roman von Dostojewski", rief er begeistert, als

191

Walter zum ersten Mal mit ihm zusammen das enge Zimmer betrat.

„Bitte nicht stampfen!" flüsterte Walter. „Frau Klein kann da sehr empfindlich sein."

Sie hatten die merkwürdige Frau mit den brillenartigen dunklen Stellen um die Augen schon im Treppenhaus getroffen und sie kurz und höflich begrüßt, um dann schnell weiterzueilen.

„Man muss auf die Frau Rücksicht nehmen. Die ist wohl im Krieg verschüttet gewesen."

Wie Helmuts Kaplan, der seine Eltern davon überzeugt hatte, dass sie ihren Sohn zum Humanistischen Gymnasium schicken sollten. Dabei hatte er wohl darauf spekuliert, dass Helmut einmal eine theologische Laufbahn einschlagen würde. Woran Helmut selber nie gedacht hatte. Auf diesen Kaplan war aber vielleicht ein Teil seiner verklemmten Sexualerziehung zurückzuführen.

Nun war Karneval. Sie zogen in einer Gruppe durch das kopfstehende Köln. Laura trug ein rotes Samtjöppchen. Wenn Helmut seine Arme um sie legte, spürte er die erstaunlich schmalen Hüften. Und sie schaute ihn aus ihrem spitzen bis spitzbübischen Gesicht an, das oben von einer Teufelskappe mit Hörnern umschlossen wurde. Ihre Schwester hatte eine vollere Figur und ein Gesicht mit weicheren Formen. Unter dem Kinn sogar einen leichten Ansatz zu einem Doppelkinn. Es hatte sich ergeben, dass sie Walters Karnevalsgefährtin wurde. Die Dritte im Bunde war die schlanke Barbara mit dem heiteren spöt-

tischen Gesicht. Sie hätte Helmut schon eher gefallen. Sie war aber von einem pockennarbigen großen Typen von einer anderen Fakultät aufgetan worden.

„Wie kann die sich mit so einem Widerling einlassen? Der ist doch an der PH nur zum Frauen-Aufreißen erschienen", meinte Helmut in einem unbewachten Moment zu Walter.

„Kerl, Kerl, du hast Recht", entgegnete Walter feixend in seinem oldenburgischen Akzent mit rollendem R.

Als sie Walters und Heinrichs Bude betraten, warum auch immer, saß Heinrich schon da mit seiner mittlerweile Verlobten, einer realen, bäurischen Erscheinung mit sommersprossigen Pausbacken, die weder nach Walters noch nach Helmuts Geschmack war, die aber beide Freunde ihres Verlobten zuvorkommend, wenn auch mit einer leichten Ironie, behandelte. Ironie, weil sie den unbeweibten Zustand der beiden als Entwicklungsschwäche betrachtete, die es sobald wie möglich zwecks Familiengründung zu überwinden galt. Dabei waren beide nur auf der Suche, auf der Suche nach der Richtigen. Und Walter hatte sie sogar schon gefunden, aber nur von Weitem. Er traute sich an die kesse Kleine mit der wohlgeformten Figur nur nicht heran.

Irgendeiner hatte plötzlich Elvis Presley's Are you lonesome tonight aufgelegt. Mehrere Paare verschwanden allmählich auf dem einen oder auf dem anderen Bett an der Längswand des Zim-

mers. Was sich dort im Dämmerlicht abspielte, konnte Helmut nur ahnen. Er saß mit Laura aufrecht auf dem steifen Sofa an der anderen Längswand und unterhielt sich etwas gekünstelt mit ihr, gekünstelt deshalb, weil er der Verpflichtung entgehen wollte, sich ebenso auf einem der beiden Betten zu räkeln. Später sollte Walter grinsend den Ausdruck „ein bisschen matschen" benutzen, wenn ihn Helmut ironisch an diese Momente erinnerte, in denen er mit Lauras fülliger Schwester Gudrun dabei war, die dunkleren Zimmerwinkel zu erforschen . Dabei musste Helmut immer Walters weiße fleischige Hände anschauen und versank in ein undurchschaubares Grübeln.

***

Rosenmontag hatten sie sich zum Zug verabredet. Sie stand vor ihm in der ersten Reihe. Er konnte ohne Schwierigkeiten über sie hinweg nicht nur die großen Wagen mit den Karikaturen aus Papiermache, sondern auch die Fußtruppen oder einzelnen Jecken mit ihren skurrilen Lappenkostümen und ausgefransten Schirmen sehen. Ein paar Schritte von ihnen entfernt schallte Musik aus einem Fenster, zu dem die Nachbarn schunkelten. Sie lachten über die Biederkeit der Klänge, fingen aber allmählich doch an, mit den Umstehenden zu schunkeln. Anerkennende Blicke dankten dem jungen Pärchen. Helmut fühlte sich wie ein Prinz, der inkognito in der Mitte des Volks verweilt. Er fasste Laura an den Schultern

und teilte ihr seinen Rhythmus mit, dann bog er ihre Hüften sanft hin und her. Schließlich drängte er seinen Körper an ihren und legte seine Hände an ihren nicht allzu ausgeprägten Busen. Ein ungewohntes Gefühl des stolzen Besitzers ergänzte die grüßenden Blicke von der Seite. Und als ein Blasmusiktrupp vorbeimarschierte, wurden das gemeinsame Schunkeln, ihre verbundenen Körper und ein heißes Gefühl, das ihm bis in den Kopf stieg, zu einem verwirrenden Glück. Er sah ihre Augen nicht, ihr Gesicht nicht, wusste also nicht, was sie empfand. Er wollte es auch nicht wissen. Und als alles vorbei war, wollte er, dass auch das vorbei war. Weil es ihm unehrlich vorkam. Wie ein schales, leicht unanständiges Theaterstück. Wie sie voneinander Abschied nahmen, daran konnte er sich bis heute nicht erinnern.

***

Vielleicht trafen sie sich noch einmal mit der ganzen Gruppe. Bis heute besaß er ein Foto, auf dem sie alle zu sehen waren. Laut lachend hielt der als Matrose verkleidete Heinrich die Hand seiner pausbäckigen glücklichen Verlobten. Hinter ihr lächelte Gudrun unter ihrer hochgesteckten welligen Frisur, in einem dunklen Chinesinnenkleid und mit einem gespreizten Fächer in der Hand. Woher nahm sie ihre selbstgefällige Sicherheit, während Walter hinter ihr fotoheischend als Spanier in die Kamera schaute? An der rechten Seite des schmalen Tischs saßen Helmut und Laura, Barbara und der Pockennarbige. Auf der

weißen Tischdecke standen Weingläser und große Glaskannen mit Kalter Ente, in denen Zitro-
nenspiralen die neue Großzügigkeit demonstrier-
ten, wie die Freitreppe in der Hochschule. Das
einzig Echte und Reelle waren hier noch die Eis-
würfel, die sich aber auch schon zum größten Teil
aufgelöst hatten. Damals gab es auch für Studenten in vielen Lokalen nur konservativen Wein-
zwang.

Helmut sah mit seinen hochgezogenen Augen-
brauen in seinem Clowngesicht und der Perücke
mit dem winzigen Zylinderhütchen noch größer
aus, als er in Wirklichkeit war. Laura hielt sich als
einzige Person am Tisch an ihrem Weinglas fest.
Als einzige schaute sie traurig-skeptisch in die
Kamera des professionellen Fotografen, der
ihnen später die Fotos zukommen ließ. Und auch
auf dem anderen Bild, auf dem sie mit Helmut
anstieß, kam ihr Blick aus einer fast unterwürfigen
Tiefe, während Helmut sich fast gnädig, wenn
nicht als Schauspieler, zu ihr hinunterbeugte.
Laura hatte es nicht wie ihre Schwester verstanden, die Poren ihrer Haut unter einer Schminke-
schicht zu verbergen. Sie wirkte traurig-gedrückt.
Oder wollte sie nur eins: mit Helmut alleine sein?

Als Helmut sich nach den vielen Jahren die Fotos
noch einmal anschaute, wusste er nicht mehr, ob
die folgende Szene sich vorher oder nachher ab-
gespielt hatte. Fand sie vorher statt, so war ihr
Blick vielleicht voller Enttäuschung, fand sie erst

nachher statt, so musste es pure Sehnsucht sein, die ihn ausmachte.

Es waren noch nicht die dunklen, verräucherten Lokale der späteren 60er Jahre, in denen Beat getanzt und Joints geraucht wurden. Keine intimen Ecken an kleinen Tischchen und Musik, der man sich völlig hingeben konnte. Nein, der Raum war groß, ohne Fenster zwar und ohne Bilder an den Wänden, doch hatte er eine freie Tanzfläche, zu der ein wenig Mut oder gekonnte Tanzkünste gehörten, wenn man ihn ausfüllen wollte. Den Mut flößte sie ihm ein. Sie wurden immer kecker. So dass sie bald mehrmals ganz alleine die Tanzfläche beherrschten. Manche standen am Rand und beklatschten das ideale Paar. Was sie beide noch mehr anfeuerte, vor allem aber sie.

Helmut war überrascht, mit welcher Vehemenz sie ihre Drehungen antrieb, wie sie sich nach hinten beugte, so dass er sie umso fester an sich drücken musste, damit sie nicht die Balance verloren. Er erwiderte ihr glückliches Lachen, teils aus ein wenig Begeisterung, teils aus Mitleid, teils aus mangelndem Widerstandswillen. So hatte er auch seinem Schulfreund Josef damals keinen Widerstand geleistet, obwohl er sich eigentlich von ihm unterdrückt fühlte. Selbst manche Klassenkameraden hatten ihm gesagt, er lasse sich ungebührlich von ihm dominieren.

Oder war es Feigheit, sowohl Josef als auch Laura gegenüber, die ihn davon abhielt, frühzeitig

etwas zu beenden, was er selber nicht wollte? Doch was war Feigheit? War es nicht immer das spätere Wissen und die spätere Fähigkeit, die jemanden fähig machte, dieses Wort zu benutzen? Während einem in der Situation selber dieses Wissen und diese Fähigkeit abgingen. Vielleicht war es ja auch nur eine unüberwindliche Angst vor Verlust oder vor heftigen Auseinandersetzungen, die ihn hilflos machten. Oder die Angst, dieses Strahlen zu verlieren, auf das er in diesem Augenblick nicht verzichten konnte. Dieses Strahlen, das er einerseits genoss und vor dem er sich andererseits verstecken wollte, indem er in eine andere Richtung schaute. Oder indem er ein ganz anderes, möglichst harmloses Thema anschlug.

„In den Sommerferien werde ich nach Südfrankreich fahren. Und was machst du?"

„Ah, nimmst du mich mit?"

Wieder dieses strahlende Lächeln.

„Ich fahre per Anhalter."

„Das ist sicher interessant. Und mit einem Mädchen zusammen wirst du sicher noch besser mitgenommen."

„Am liebsten fahre ich allerdings alleine. Nur so lernt man am besten Land und Leute kennen."

„Das können wir doch gemeinsam."

„Ich werde es mir überlegen."

An dieser Stelle war schon ein wenig Enttäuschung in ihrer Miene nicht zu übersehen. Sie ahnte schon seine Flucht vor ihr. Und er auch.

Gleichzeitig hätte er ein gewisses Entgegenkommen nicht leugnen können, trotz aller Schauspielerei. Da ihm beim Boogie-Tanzen leicht schwindlig wurde, richtete er seine Augen auf ihren Tisch, an den sie gleich zurückkehren würden, wenn der Tanz vorbei wäre. Dann wechselte er vom Boogie-Schritt zum Foxtrott. Doch hatte das den Nachteil, dass sich ihre Körper noch näher kamen. Sie bog ihren Rücken in dem roten Samtjöppchen bei jeder Drehung mehr nach hinten. Sie veranlasste ihn zu immer schnellerem Kreisen. Dabei lachte sie immer glücklicher, drängte die Mittelzone ihres Körpers als Gegenpol an seine Mitte, dass er es nicht fassen konnte. Bei einem Walzer, der unvermittelt einsetzte, wurde alles noch wirbelnder, ihre Berührung in der Mitte noch enger, noch drängender. So ging es endlos weiter. Wann käme endlich das Ende? Das Ende schien unbekannt zu sein.

***

Helmut konnte sich nicht erinnern, wie die Zeit bis zu den Sommerferien verging. Er reiste alleine nach Südfrankreich, erfuhr so nebenbei vom Mauerbau in Berlin, erlebte die Existenzialistenszene mit verrückten Bärtigen und locker gekleideten Mädchen aus ganz Europa, verliebte sich unsterblich in eine Französin, die er nach der Rückkehr über die Grenze nach Deutschland sofort vergaß, erschien zum Herbstball der Pädagogischen Hochschule mit der Blonden im blauen Seidenkleid, so dass sich Laura nicht einmal in

seine Nähe wagte, und vergaß Laura nach dem Studium, bis er sie nach einem halben Jahrhundert im Internet wiederfand, fast zufällig, als er in einem Verlag auf ihren Namen stieß, was seine Neugierde weckte. Da er auch ihre E-Mail-Adresse fand, schrieb er ihr folgende Mail:

Hallo, Laura,
ich habe dich mit Begeisterung deine Texte sprechen hören. Anbei zwei von meinen. Ich bin gespannt, ob du dich erinnerst.
Viele Grüße, Helmut

Nilfahrt

Als Lebensgleichnis lässt der Fluss
Fast wie in alten Bibelzeiten
Ein Zauberbild vorübergleiten,
Aus Urgedächtnissen ein Gruß.

Und dunkel rufen Muezzine,
Als wenn sie fernen Auftrag hätten,
Uns auf suleikenschlanken Minaretten
Entführten aus der Tagroutine.

Und rohrbeladne Eselskarren
Vor Büffeln, die den Nacken beugen
Und dumpf und schwarz vom Dienen zeugen,
Am Ufer wie in Ewigkeit verharren.

Doch hinter den Adobekuben
Sieht hässlich man auch Industrie,

Und ohne diese gäb es nie
Ein Überleben in den Armutsstuben.

Das Zoom sieht sie im schieren
Überlebenskampf in Dreck,
Armut und Krankheitsschreck
Und fast wie Tiere vegetieren.

Ihr Schicksal und das eigne Glück
Beim langsamen Hinuntergleiten
Und Schaun in malerische Weiten
Lässt ratlos uns - ein Stück - zurück.

Flechtenblüten

Flechtenblüten,   die   wie   rote   Schalen
sich auf schlanke Stängel wagen,
und   ein   Perspektivenwechsel
lässt   sie   palmenartig   ragen.
Wie   Geschwüre   gleich   daneben
kohlkopfartig   blasses   Leben,
das auf Muskeln längsgestreift
auf feuchten Buchen Himmel greift.

Versunken in das Winzigkleine,
suchst du auch das große Eine.

Sternenhimmel über Wüste,
weite Brust und kühle Luft,
wo dein Geist das Eine grüßte,
nichts mehr schreit und nichts mehr ruft,
wo die Klarheit fast beklemmte,
nichts mehr Blick und Ohren hemmte.

Suchst du auch das große Eine,
niemals bleibst du gern alleine.

Schicksale, die dir erzählten
tausend menschliche Gesichter,
tausend Hände, die dich wählten,
deine Augen zu verpflichten,
sie dem Leben zu bewahren
in des Seins endlosen Scharen.

Brüder in der Einsamkeit,
jedoch von dem Einen weit.

Nur im liebenden Umarmen
des andern weichen Leibs, des warmen,
hast du häufig es besessen:
glückliches vereint Vergessen
gemeinsamen Verlorenseins.
In Milliarden Galaxien eins
fühltet ihr euch winzigklein
und zugleich als Ein-zig-sein.

Es dauerte fast zwei Wochen, bis sie antwortete:

Excusez moi, mon cher ami,
quand est-ce que nous avons vus la dernière
fois?

Warum antwortete sie auf Französisch? Eine Laune? Eine Anspielung auf seine damalige Frankreich-Reise? Er erwiderte ihre Mail sofort:

Ich erlaube mir weiterhin, dich mit "Liebe Laura" anzureden, bis du mir schreibst, dass du das nicht willst. Also:
Liebe Laura, wir sahen uns das letzte Mal im Jahre 1963, ist also gar nicht so lange her. Es kommt nur darauf an, welchen Maßstab man anlegt. Einige Zeit vorher hatte ich dir das Gedicht im Anhang gezeigt. Du zeigtest mir daraufhin ein Gedicht, das von deiner Liebe zur See zeugte.
Ich bin weiterhin gespannt.
Viele Grüße, Helmut

Und im Anhang befand sich folgender Text:

An den Wind

Ach, Wind, ich hör dich rauschen
durch volles Laub im Flug;
ach, deinem kühlen Zug,
könnt ich ihm ewig lauschen!

Erwacht bin ich aus Träumen,
wo stets dein Rauschen tönt,
in Linden vor dem Fenster,
von Blütenduft verschönt;
in gelbem Heideginster
und in den goldnen Ährenwogen
wie in des dunklen Waldes Bäumen
und in des Himmels weitem Bogen.

Wo du nach drückender Gewalt
der weißen Mittagsglut
das schwergewordne Blut
erquickst mit neuer Stärke;
und nach getanem Werke
am Abend in den Schlaf mich singst,
erzählend von der Kraft, die bald
zu neuer Tat du bringst.

Ach, Wind, ich hör dein Singen
von jenem schönen Land,
das ich noch niemals fand.
Wirst du mich zu ihm bringen?

Es ist so fern, unendlich weit,
o Wartezeit, o lange Zeit!

Du aber bist in den ziehenden Wolken,
in Bäumen und Blumen,
deren Blätter du regst:
in den Locken der Kleinen,
deren Haar du bewegst
und den Herzen der Großen,
deren Takt du noch schlägst.

Auch ich hör dein Rauschen,
dein Singen im Flug,
ich seh dich ziehen im Vogelflug.
Ach, könnt ich dir ewig lauschen!

Danach antwortete sie nicht mehr. Helmut erzählte alles seinem Freund Walter, der seit vielen

Jahren verheiratet war und seine Frau, eine Lehrerin, schon zum vierten Mal zur Großmutter gemachte hatte, was für beide nach ihrer Pensionierung zu ihrem Lebensinhalt geworden war.

„Kerl, Kerl! Diese Laura! Aber ich würde nicht lockerlassen. Ich meine, du hast ein Recht dazu. Schließlich habt ihr euch damals sehr gut verstanden, wenn auch nur geistig. Und wenn es deiner Frau egal ist. Ist es doch, oder?"
„So mehr oder weniger ja", gab Helmut zur Antwort. Und schrieb ihr abermals. Dieses Mal allerdings nur einen Link zu einer Online-Zeitung, in der er ab und an seine Gedichte, Erzählungen und den einen oder anderen politischen Text abdrucken ließ. Der Link führte zu einem Interview, das der Chefredakteur der Zeitung mit ihm geführt hatte. Hier wurde sein Leben deutlich, und hier erschien auch ein Foto von ihm, das ihn auf einer Reise nach Südfrankreich zeigte, die er vor einem Jahr mit seiner Frau, der damaligen Blonden im blauen Seidenkleid, unternommen hatte.

***

Drei Wochen später erhielt Helmut eine einstweilige Verfügung vom Amtsgericht, in der er unter Androhung eines Gerichtsverfahrens wegen Nachstellung dazu aufgefordert wurde, jegliche Kontaktversuche zu Frau Laura einzustellen.

In den Turmhallen des Kölner Doms befindet sich ein ausgedehnter Bilderzyklus. Auf einem dieser Fenster sieht man das Gleichnis vom verlorenen Sohn. „Die Ungerechtigkeit der Liebe" erzählt das Gleichnis aus der Sicht des älteren Sohnes, der sich von seinem Vater ungerecht behandelt fühlte.

Die Ungerechtigkeit der Liebe
oder
Das Gleichnis vom verlorenen Sohn

1

Wenn ich mich an diese Szene erinnere, kommt mir heute noch die Galle hoch. Mit welcher Dreistigkeit mein Bruder sein Erbe forderte. Natürlich stand es ihm zu. Aber warum war er nicht wie ich bereit, auf den väterlichen Weiden mitzuarbeiten? Sicher, wir waren nicht die besten Freunde. Er konnte mir nie verzeihen, dass ich als älterer Sohn das Sagen hatte. Aber so ist es doch seit Menschengedenken. Der Ältere erhält zwei Drittel des Erbes und hat auf dem gemeinsamen Besitz das Sagen. Aber immerhin erhält der Jüngere ein ganzes Drittel. Doch das konnte er nicht wirklich akzeptieren. Und dann diese verwerfliche Sehnsucht nach der Fremde. Die seelische und körperliche Gefahren bereithält, um einen anständigen Menschen zu vernichten. Das hat ja nun sein Schicksal zur Genüge gezeigt. Abenteuer und neue Welten wollte er erleben. So sagte er da-

mals. Einfach kindisch, so etwas. Dabei war er doch längst erwachsen, wenn man einfach sein Alter bedachte. Er kam mir aber immer noch wie ein Kind vor. Von Verantwortung wollte er nichts wissen. Und Vater hatte uns oft genug davon geredet. Überhaupt Vater! Sah Josef denn nicht, wie er ihn vor den Kopf stieß? Wie ihm das Herz blutete, als mein Bruder das Haus verließ. Ich hatte immer gespürt, dass seine Liebe mehr seinem Jüngsten galt als mir. Und nun würdigte der das nicht einmal! Ich glaube, er hat sich immer für was Besseres gehalten. Schon damals überraschte ich ihn beim Schreiben. Als er unser Vieh nach dem Winter zum ersten Mal auf die Weide treiben sollte, war er einfach nicht da und zuerst auch nicht zu finden. Dann sah ich ihn in einer Ecke hinter dem Stall sitzen und in dieses rote Büchlein schreiben. Gestern sah ich es in seinem Zimmer auf dem Tisch liegen. Er benutzt es wohl noch immer. Als ich ihn damals zur Rede stellte, gab er diesen merkwürdigen Satz von sich, der mir nachher den Zorn ins Gesicht trieb, als ich darüber nachchachte: "Ich weigere mich, mich schuldig zu bekennen. Weil auf den gekrümmten Rücken stets das Zepter eines Herrschers schlug." Irgendwie merkte ich, dass er mich damit treffen wollte.

2

Und wie er dann ausgestattet wurde! Das beste Pferd bekam er sowieso. Das hatte Vater ihm ja vor Jahren schon zum Geburtstag geschenkt. Aber dass er auch noch Eliezer, unseren besten Knecht, als Begleiter erhielt! Eliezer war die Reise eigentlich gar nicht recht. Er wäre lieber auf dem Hof geblieben. Aber nein, unser Herrchen brauchte ja einen Schutz in fernen Landen. Der ihm dann doch nichts nützte. Oder den er nicht wollte. Weil er sich vielleicht zu sehr beobachtet fühlte. Eliezer hat es mir nie erzählt, als er nach kurzer Zeit wieder zurück war. Vielleicht spürte er schon lange vor meinem Bruder, dass man dort bald würde am Hungertuch nagen. Zumindest wenn man dieses Leben führte. Dieses Lotterleben, von dem uns Nachbarn berichtet haben, die sich aus geschäftlichen Gründen in der Fremde aufhielten. Auf die Idee wäre Josef wohl nie gekommen. Geschäfte für die Familie betreiben. Igittigitt! So etwas Prosaisches! Nein, da ließ er sich lieber von Sarah in unendlicher Arbeit die Mähne seines Pferds zu Zöpfen flechten. Damit es sich endgültig nicht mehr zu einer Arbeit auf dem Felde eignete. Überhaupt Sarah! Ich gebe ja zu, dass sie mir auch gefällt, mit ihren dunklen Haaren und den Augen eines Rehs. Aber sie ist doch Magd! Hat er das ganz vergessen, wenn er Tage mit ihr auf der Weide oder sogar im Stall verbringt? Womöglich will er sie noch zur Frau nehmen. Nun gut, als Nebenfrau könnte das noch angehen. Aber die Art und Weise, wie er mit ihr turtelt und ihr manchmal vorliest! Vorliest aus diesem roten Büchlein, von dem ich schon sprach. Was er da

wohl hineinschreibt? Eigentlich möchte ich ja doch mal gerne einen Blick hineintun. Einfach um zu sehen, welche schmutzigen oder abartigen Gedanken er da hineinschreibt. Dann könnte ich auch Vater vielleicht doch die Augen über seinen feinen Jüngsten öffnen, so dass er diesem Heuchler nicht mehr so einfach vertraut, und damit er endlich einsieht, was er an denen hat, die gehorsam bei der Stange blieben. Die im Lande blieben und sich redlich, ich betone redlich nährten. Gut, was ich manchmal beim Viehhandel so treibe, würde Vater vielleicht auch nicht alles gefallen. Aber er ist eben alt. Er hat noch nicht gemerkt, dass die Moral von gestern nicht die von heute ist. Eine gewisse Anpassung ist da vonnöten, wenn man überleben will. Aber das sind zweierlei Paar Schuhe, die man nicht miteinander verwechseln darf.

3

Nun habe ich es doch getan. Als Josef mit Vater bei den Herden in den Bergen weilte, habe ich in seiner Kammer nach dem roten Büchlein geschaut. Und beim Blättern wurde ich gleich fündig. Eine Ungläubige hatte es ihm angetan. Wie er von ihren Reizen schwärmte! Ihrer Haartracht, zu der sich eine anständige Frau aus unserem Volk nie herablassen würde. Und ihre Kleidung! Lose, schamlos und halbnackt. So dass man alles sehen kann, was das Herz begehrt. Was sage ich: das Herz? Es sind wohl andere Teile unseres Körpers, von denen dieses Begehren ausgeht.

Und das alles beschreibt er ungeniert in diesem Büchlein, in dem er selber seine ganze Schande offenbart. Natürlich wird auch vieles beschönigt. Als hätte er damit gerechnet, dass ich einmal seine Bekenntnisse lesen würde. Womöglich will er sogar vor Vater damit angeben. Will so tun, als habe er aus Treue zu seinem Volk und unserem Glauben von dieser Hure Abstand genommen. "Mein Herz war schwer, als ich ihr sagte, dass mein Glaube keine dauerhafte Verbindung mit ihr zulasse." So lügt er sich und allen etwas vor. Dabei möchte ich nicht wissen, wie oft er mit ihr geschlafen hat, bevor er ihrer überdrüssig wurde und sie dann verließ.

Wieso ist er nun überhaupt mit Vater in den Bergen? Früher hat er sich immer vor dem rauen Leben dort gedrückt. Lieber hielt er sich auf den heiteren Wiesen in der Nähe oder sogar im Stall auf, wo er sich mit Sarah traf und ihr in ihre abgründigen Augen blickte. Sicher will er Vater wieder um den Finger wickeln, wie damals, als ein paar Stunden genügten, um den Alten zufriedenzustellen mit seinem Geschwätz oder mit dem Vorlesen eines Gedichts, wie er es nannte. Diesen unverständlichen unnützen Zeilen, in denen vom Sinn des Lebens die Rede war oder solch leeren Sprüchen. Dabei hätte er den Sinn des Lebens finden können, wenn er sich wie ich den Buckel krumm gearbeitet hätte in der Erfüllung seiner Pflichten, die ich ihm wahrhaft oft genug vor Augen führte. Doch dann hatte er nichts Besseres zu tun, als seine Augen zu verdrehen. Ein-

mal war er sogar so dreist, dass er mir sagte, als wenn er mich, seinen Herrn und älteren Bruder, belehren wollte, es gebe noch ein paar mehr Dinge zwischen Himmel und Erde, als unser Vieh und unseren Pflug. Damals musste ich an mich halten, um ihm nicht eine Faust zwischen seine schönen Brauen zu rammen. Wenn Vater nicht dazugekommen wäre, hätte ich trotzdem nicht weiter an mich halten können, als ich sein ironisches Grinsen sah

4

Mir ist ganz klar, wovon er da redet. auch wenn er es noch so poetisch zu verbrämen versucht.
"Die Schönheit ihrer Gestalten, der edle Geschmack des Weins und Blumenkränze, mit denen die Holden ihn schmückten"
Das ist ein verabscheuungswürdiges Freudenhaus, in dem er sich da herumgetrieben hat. Und er kann mit all seinem scheinbar tiefsinnigen Brimborium nicht vertuschen, wie sehr er sich der Fleischeslust hingab, mit unzüchtigen Heidinnen, die all das missachten, was uns Sitte, Religion und Anstand verbieten.

Er müsse Erfahrungen machen, die seinen Horizont erweitern und ihn aus der Enge seiner heimatlichen Ställe befreien. So ein Quatsch! Und dann schreibt er noch, dass dies nötig sei für seine dichterische Entfaltung. Mein Bruder, der Dichter! Auch das dient doch nur dazu, sich über uns zu erheben. Und dann diese Zeilen, die er wohl

für ein Gedicht hält. Dabei haben sie nicht mal einen Reim:

"*Aus der Suhle gesprochen*
Red nicht so viel! Sei nicht so neugierig! Frag nicht so dumm! Musst du denn immer alles so genau wissen? Der Blick zum Horizont ist unanständig. Vaterlandsverrat und Überheblichkeit. Bleib im Lande und nähre dich redlich! Und halte den Blick aufs Überleben gerichtet. Das trübe alltägliche Einerlei. Nur dann gehörst du wirklich zu uns."

Merkwürdiger Text. So denkt er doch nicht. Eigentlich ganz im Gegenteil. Aber irgendwie rieche ich, dass er mich oder uns damit treffen will. Hat die Suhle nicht etwas mit Schweinen zu tun? Dabei ist er es doch, der sich mit den Schweinen abgibt. Den ungläubigen und verwerflichen Schweinen dort im Ausland. Statt hier bei uns endlich seine Pflichten zu erfüllen, vor denen er sich immer zu drücken wusste. Das habe ich ihm ja oft genug vor Augen geführt. Und dann wandte er sich immer mit diesem merkwürdigen Gesichtsausdruck ab. Oder tat so, als habe er nichts gehört.

5

"*Besitz steht wie eine Barriere zwischen den Herzen der Menschen*", schreibt er hier. Das verstehe auch ich. Er spricht sich grundsätzlich gegen Besitz aus. Und zieht mit einem prall gefüllten

Geldbeutel durch die Welt, einem Geldbeutel, der ihm von Vater von unserem gemeinsam erarbeiteten Besitz gefüllt wurde. Zu dem er noch am wenigsten beigetragen hat.

Und dann preist er im nächsten Moment die Genüsse von reich gedeckten Tafeln, preist den verführerischen Geschmack der Früchte, die er genießt, preist den Wein, wie er aus kostbaren Gefäßen fließt, preist die Innigkeit einer Musik, die ihm ans Herz geht. Überhaupt Innigkeit und Zärtlichkeit! Davon ist immer wieder die Rede. Und von Freundschaft. Das sind wohl seine Sauf- und Zechkumpane, mit denen er nach seinen Orgien unter dem Tisch gelegen hat, vor denen er mit seinem prallen Beutel angegeben hat.

Oder das hier:
"Lass dich von meinem schweren Duft umarmen, der nicht nach fernen Paradiesen ruft,
zugleich die Wollust weckt und schenkt Erbarmen, mit trunkner Gegenwart erfüllt die Luft.
Dein Auge soll den weißen Samt ertasten, den deine Fingerkuppen heimlich grüßen,
wenn deine Lippen meiner reifen süßen und goldnen Früchte Glanz und Fleisch umfassten."

Ich gebe zu, hier ist so etwas wie Gereimtes zu entdecken. Aber der Titel! "*Der Orangenbaum*"! Was soll das eigentlich? Das ist doch wieder so eine Scheinheiligkeit. Für mich ist das reinste Pornografie. Wollust, trunken, Fingerkuppen, Lippen, Früchte, Fleisch, umfassen. Das sagt doch alles. Aber so war er immer. Auch wenn er unse-

rer Magd schöne Augen machte. Dann hatte er immer diesen schmachtenden Blick. Fast wie manche Frauen, wenn sie einen Mann verführen wollen. Dabei ging es ihm nur darum, sie ins Bett zu kriegen, mein lüsternes, faules kleines Brüderchen.

6

Es kam, was kommen musste: Irgendwann hatte er sein ganzes schönes Erbe durchgemacht. Die Nachbarn hatten mir schon davon erzählt, wie sie ihn fast wie einen Bettler geknickt am Rande des Markts in der verruchten Stadt der Ungläubigen sahen. Sie hatten zuerst seinen Dolch erblickt, den er gerade verhökert hatte. Den Dolch, den ich selber ihm zu seinem Geburtstag geschenkt hatte, den Dolch mit der kostbaren roten Scheide und dem goldenen Griff. So viele Schulden muss er schon bei seinen Gläubigern, den Huren und Wirten seines trüben Müßiggangs, gehabt haben. Und das prächtige lila Gewand besaß er auch nicht mehr, das Gewand, das Vater ihm am gleichen Tag geschenkt hatte, ein Teil des Familienerbes, um das ich ihn beneidete.

Ich glaube schon, dass er nun traurig war, traurig und auch ein wenig verwundert. Denn so war er ja: Ein Bruder Leichtfuß, der nie vorsorgte, immer leichtgläubig und vertrauensselig. Womöglich hatte er geglaubt, man würde ihn aus purer Begeisterung oder sogar so etwas wie Liebe verwöhnen, hatte vielleicht erst spät gemerkt, dass

215

man ihn ausnahm und vielleicht nie damit gerechnet, dass man harte Forderungen an ihn stellen könnte. Forderungen konnte er ja auch von mir nicht annehmen, Forderungen nach mehr Einsatz bei seiner Arbeit. Und wenn er mal wieder Mist gebaut hatte, war er verwundert oder beleidigt, wenn man ihm etwas vorhielt. "Das habe ich doch nicht mit Absicht gemacht", war seine ständige Rede, wenn ihm beim Weiden des Viehs ein Schaf abhanden gekommen war. Weil es in eine Schlucht gestürzt war, oder weil es gestohlen wurde. Warum? Weil er mal wieder vor sich hin geträumt hatte, mit seinen Gedanken wer weiß wo gewesen war.

Wurde er ermahnt, so fühlte er sich ungerecht behandelt. "Du meinst, du müsstest immer den großen Bruder vor mir herauskehren. Du bist aber nur mein Bruder, nicht mein König. Und im Übrigen erkenne ich überhaupt keinen Herrscher über mir an."

Überhaupt keinen Herrscher! Ja, so war er und ist er wahrscheinlich immer noch. Und letztlich will er auch unseren Vater nicht über sich anerkennen. Aber der scheint das nicht zu merken, weil er irgendwie blind ist, warum auch immer. Blind vor Liebe, oder weil Josef ihm seinen Honig um den Bart zu schmieren versteht.

7

Und das weiß ich auch von den Nachbarn: Er
begann zu spielen. Alles oder nichts. Das spielte
sich auch schon immer in seinem Kopf ab. In seinem roten Büchlein ist auch vom Spielen die Rede. Aber von Schuldeingeständnis kaum. Die
anderen sind immer die Bösen. Er wollte nur einmal einen kurzen Versuch machen, seine ver-
zweifelte Lage (So schreibt er!) mit einem Schlag

zu beenden. Dann aber hat ihn dieser teuflische Mensch immer weiter verführt, mit seinen diabolischen Sprüchen. Bis er nicht einmal mehr Schuhe an den Füßen hatte. Die Menschen seien halt Nehmer oder Lasser. Er selber ist natürlich ein Lasser, der die anderen grundsätzlich in Ruhe lässt und selber in Ruhe gelassen werden will. Aber dann diese bösen Nehmer, die nur von Gier besessen sind. Wo er mich wohl einteilt? Und seinen Vater? Versuchten wir auch, dem Armen alles zu nehmen, indem wir ihn aufforderten, seine Pflicht zu tun?

Er geht sogar so weit, von "existentiellen Erfahrungen" zu reden. Als hätten ihn diese Erfahrungen als Mensch weitergebracht. Das ist doch lächerlich und wieder von diesem Hochmut gekennzeichnet, der ihn immer auszeichnete. Wenn ich bei Fackellicht zum Würfelspiel aufgefordert werde, dann weiß ich doch gleich, dass ich mich auf so etwas nicht einlassen darf. Dann ist doch Betrug vorprogrammiert. Aber nein, er muss alles erst einmal ausprobieren, und wenn er hereinfällt, sind die anderen schuld. Zumindest zum Schluss. Vorher ist alles interessant. Sogar die eigene Demütigung und die eigene Nacktheit. Als wäre es eine besondere Leistung, so stellt er sich dar, als er nichts mehr hat. Jeder müsste eigentlich einmal solche Erfahrungen machen. Und wenn man das nicht getan hat, ist man ein satter Bürger, kann in Wirklichkeit nicht mitreden, ist beschränkt und voller Vorurteile. So ähnlich drückt er sich aus.

Auch die Nacktheit ist natürlich wieder etwas Besonderes. Danach spürte er die Luft und den Wind ganz anders auf seiner Haut. Er war ja nun fast so, wie Gott die Menschen geschaffen hat. Und -schon eine Art Gotteslästerung- nun fühlte er sich Gott näher. Wahrscheinlich näher als wir alle, die wir einfach unsere Pflicht tun. So ist er: Wenn er sich in der Nähe des Teufels aufhält, redet er, als wenn Gott persönlich ihn zu sich eingeladen hätte. So dreht er alles um, so biegt er sich alles zurecht.

8

Und auch der nächste Schritt nach unten war zwangsläufig. Es wunderte mich nicht, obwohl es fürchterlich war. Mein Bruder, ein Mitglied unserer angesehenen Familie als Bettler! Wenn ich ihn so erlebt hätte, ich hätte mich so geschämt, dass ich nicht weiß, ob ich meine Verwandtschaft nicht verleugnet hätte. In Lumpen gekleidet, mit Ausschlag auf dem Körper, voller Demut um ein Almosen bettelnd, gezwungen, Demütigungen widerspruchslos hinzunehmen, nur um überleben zu können!

Wenn man aber seine Aufzeichnungen liest, kommen einem noch andere Gedanken. Zwar beschreibt er seine Situation schonungslos, was mich wundert. Ich hätte diese Schande an seiner Stelle nicht aufgeschrieben. Gut, ich weiß nicht,

was er mit diesen Aufzeichnungen vorhat. Wenn er wüsste, dass ich sie lese, würde er sicher wütend. Oder -vielleicht doch nicht. Denn nach der Schilderung seines Schicksals in Dreck und Elend wird man den Eindruck nicht los, als wäre auch damit wieder ein gewisser Stolz verbunden. Wieder scheint auch das eine besondere Leistung zu sein oder ein Abenteuer, mit dem er sich letztlich brüstet. Nur er ist in der Lage, so etwas zu erleben und wird dadurch ein ganz besonderer Mensch. Für den er sich ja immer schon gehalten hat.

Einmal erzählte ihm jemand wütend die Geschichte von Ameise und Grille, als er ihn um Geld anbettelte:
"Hättest du im Sommer nicht nur gesungen und gefeiert, dann hättest du im Winter noch Vorräte, um zu überleben."
Und jagt ihn von seinem Grundstück, mit einem Stock in der Hand, nahe daran, ihn zu verprügeln. Wie Recht er hatte!

Und dann seine unglaublichen Gedankenspielereien in seinem roten Büchlein! Er erkennt selber, dass er ein Schmarotzer ist. Daraus philosophiert er sich zurecht, dass auch ein Schmarotzer seinen Sinn haben könnte. Es gebe auch Pflanzen, bei denen sogar der Wirt, der den anderen ernährt, einen Nutzen aus dem Schmarotzen des anderen ziehe.
Das muss man sich mal vorstellen! Vater und ich sollen ihm also noch dankbar sein, wenn er unser

gemeinsam erarbeitetes Hab und Gut verprasst. Weil auch wir dadurch menschlich einen Gewinn hätten. Dabei lässt er zumindest außer Acht, dass manche Schmarotzer ihren Wirt zu Tode würgen. Und überhaupt! Was für Gedanken!

9

Sie saß in seinem Zimmer, als ich eintrat, und hatte ihren Kopf in ihre Hände gestützt. Als sie sich mir zuwandte, sah ich, dass Tränen aus ihren abgründigen Augen rannen. Irgendwie ärgerte mich das. Als fühlte ich mich davon erpresst.

"Was flennst du?" herrschte ich sie an.
"Er hat als Schweinehirt gearbeitet."
"Wer hat als Schweinehirt gearbeitet?" fragte ich, obwohl ich genau wusste, wen sie meinte.
"Dein Bruder Josef", schluchzte sie.
"Und woher weißt du das?"
"Na, hier. Hier steht es. Hier hat er es aufgeschrieben."
Sie deutete auf das bekannte rote Büchlein.
"Und was ist für dich daran so schlimm? Du kommst doch selber aus einem Land, wo man mit den Schweinen zusammen lebt."
Sie überhörte den Ekel in meiner Stimme und antwortete mit der gewohnten Freiheit, um nicht zu sagen Frechheit, die nicht zu ihrem Sklaventum passte und mir schon gar nicht:
"Ja, aber für deinen Bruder und für euch alle sind Schweine doch das Schlimmste, was ihr euch vorstellen könnt. Das muss doch für ihn eine

221

schreckliche Erniedrigung gewesen sein. Er schreibt doch selber, wie ihn die nackte rosa Haut dieses Tiers anekelt. Und er empfindet es als Anmaßung, dass es dadurch sogar eine gewisse Ähnlichkeit mit den Menschen hat. Obwohl er zugibt, dass er selber ins Grübeln gekommen ist, als er beobachten musste, wie Schweine ebenso einen grausamen Konkurrenzkampf ums Futter führen."

Sie wischte sich die Tränen aus ihren schönen Augen und fuhr fort:

"Du weißt ja, dass ich es gewohnt war, in meiner Heimat Schweinefleisch zu essen. Es schmeckte mir sogar sehr gut. War sozusagen ein regelrechter Leckerbissen. Und ich kann eure Haltung auch nicht richtig verstehen."

Das ging nun doch zu weit! Ich musste mich beherrschen, um lediglich zu sagen:

„Unsere Vorfahren und die Gesetze Gottes werden schon gewusst haben, warum sie uns den Genuss dieses unreinen Tieres verboten haben. Darüber steht dir ein Urteil nicht zu. Was machst du überhaupt in diesem Zimmer?"

"Josef hat mir gesagt, ich solle dieses Büchlein lesen. Keiner verstünde es wie ich."

10

Wieder diese anmaßende Haltung. Aber nun steckte wohl Josef dahinter. Sie beugte ihren verdammten schönen Hals wieder über das rote Büchlein und meinte: "Und dann kam es noch

schlimmer. Er bettelte aus Hunger sogar um Schweinefutter. Es geht halt immer nochmal eine

Etage tiefer. Schrecklich! Da wundert es einen nicht, wenn er solche Gedichte schrieb:

„O armer Tod, der du den Samt auf Flügeln eines Falters nicht mehr spürst und nicht den Schmelz der jungen Schulter, die sich in die zarte Hand der Liebe schmiegt! Du hältst die Dunkelheit der Nächte, die nicht enden, wohl für dein Tuch der Finsternis, selbst wenn sie nur als sanfter Mantel die Umarmungen der Liebenden umhüllt."

Sie hatte diese Zeilen mit einer Stimme gelesen, die mich wiederum verletzte. Als wäre sie ein Mitglied unserer Familie und habe das Recht, unsere tiefsten Empfindungen zu kennen und sogar noch darüber zu reden.

"Verstehe ich nicht", meinte ich pikiert und distanziert.

"Ich auch nicht ganz", erwiderte sie unerwarteterweise, "aber soviel ist mir klar: Er hat an den Tod gedacht, der Arme! So weit war es mit ihm schon gekommen. Aber er dachte auch an die Liebe. Das tröstet mich. Und freut mich sehr. Vielleicht hat ihn das gerettet."

Sie richtete ihre abgründigen Augen dabei auf mich, doch schaute sie in Wirklichkeit durch mich hindurch. Wut, Eifersucht, Sehnsucht, Verachtung, Abscheu und Verwirrung. Es war mir in diesem Moment, als würden alle diese Gefühle gleichzeitig von mir Besitz ergreifen. Schließlich aber gewann die Wut die Oberhand. Und tat sie das nicht zu Recht?

Mein Bruder hatte gegen alle Gesetze unseres Volks und gegen alle Anstandsregeln unserer Familie verstoßen, hatte uns alle vor den Kopf gestoßen, und nun maßte sich diese fremde Person, die nur eine geduldete Sklavin war, an, im Zimmer meines Bruders dessen abartige intime Gedanken mir vorzulesen und zu allem Überfluss

auch zu verstehen und mir zu erklären. Und das alles gedeckt, ja, ausgeheckt von meinem feinen Bruder, der dabei war, wieder, wie eh und je, alle um seinen Finger zu wickeln!

11

Aber nicht mich! Ich kann mich noch genau erinnern, wie er in Lumpen unseren Hof betrat, sich vor meinem Vater auf die Knie warf und in seine Arme schluchzte, als der ihn wie selbstverständlich an seine Brust zog. Seine Haare sind längst weiß geworden. Wenn ich überlege, was er einmal ein starker und strenger Mann gewesen ist. Ich hatte immer ein wenig Angst vor ihm. Aber ohne seine Strenge wäre unser Haus und Hof und Herde nicht das geworden, was sie heute darstellen. Wenn er aber ehrlich und gerecht wäre, müsste er zugeben, dass das in den letzten Jahren nicht ohne meine Hilfe möglich gewesen wäre. Aber das war für ihn immer selbstverständlich. Selbstverständlich war für ihn auch immer, dass ich zu liefern hatte, wie man heute sagt. Meine Arbeit auf dem Hof. Die Planungen. Der Verkauf des Viehs. Die Sorge für das Personal. Und auch die Sorge um meinen Bruder. Hier lese ich, dass dieser sogar erwartete, dass ich mich in seinem selbstgewählten Exil um ihn kümmerte:

"Nicht mal ein Gruß meines Bruders" heißt der Titel von dem, was er wohl ein Gedicht nennt. Und dann kommt es: "Gleich neben grünen Mat-

ten, die von Trauerweiden sanft umstanden,
fließt, tief eingefressen, hier der Bach, in dem
Geröll den Groll mit harten Schlägen poltern lässt
und sich beklagt, dass du nicht eine Taube sand-
test, mit einem kleinen Ölzweiggruß im Schna-
bel."

Unverschämtheit! Er selber hat uns nie eine Botschaft zukommen lassen. Aber er erwartete offensichtlich, dass ich etwas von mir hören ließ.

Auch Vater hat er nie etwas von sich hören lassen. Was hätte er auch schreiben oder melden
können! Alle seine Schandtaten? Und nun diese
Begrüßung durch Vater. Als hätte er nun erst seinen einzigen und wahren Sohn wiedergefunden.

Manchmal denke ich, dass er vielleicht doch schon etwas senil ist. Auf der anderen Seite: War er nicht immer schon so, dass er Josef vorgezogen hat? Muss ich mich einfach damit abfinden, dass Ungerechtigkeit nicht nur die Welt beherrscht, sondern auch unsere Familie? Aber warum bin gerade ich immer das Opfer?

12

Und nun das! Es scheint immer noch eine Steigerung zu geben. Auch der Ungerechtigkeit.

Kaum hatte ich Josefs Kammer verlassen, hörte ich durchs Fenster meines Zimmers Vater und zwei Knechte auf dem Hof mit einem Tier hantieren. Es war unser bestes Kalb, und sie machten sich daran, es zu schlachten. Ich hatte es ja schon geahnt, als Vater mir andeutete, dass er ein Fest zu Josefs Ehren geben wollte. Ich könnte es nicht aushalten, dabei zusein. Deshalb hatte ich sofort die Notwendigkeit vorgeschoben, eine dringende Reise zur Marktstadt unternehmen zu müssen. Wegen unserer zukünftigen geschäftlichen Beziehungen. Weil Vater meine Absicht wohl durchschaute und meinen festen Willen, nicht mitzufeiern, fragte er auch nicht weiter nach. Nun sah ich, wie die Knechte das Kalb festhielten und Vater sein scharfes Messer ansetzte, um ihm mit einem schnellen Schnitt die Kehle durchzuschneiden. Das war ja immer sein Amt gewesen. Und wenn ich sah, welche Miene er dazu aufsetzte, hatte mich immer ein wenig Angst oder Scheu

vor ihm ergriffen. Doch heute kam mir zum ersten Male der Gedanke, dass diese verzerrte Miene nicht Brutalität, sondern so etwas wie Abscheu oder Ekel bedeuten könnte. Als habe er selber Schwierigkeiten mit diesem Geschäft, welches aber so notwendig ist, um koscheres Fleisch zu erhalten. Das Tier soll ja möglichst wenig leiden, bevor sein Blut vollständig aus seinem Leib entweichen kann.

Und da ist ja auch wieder Sarah zu sehen. Sie schaut dem Vater zu, ebenfalls mit einem merkwürdigen Gesichtsausdruck. Wie erschrocken und zugleich zufrieden. Was soll das wohl bedeuten? Weil das Kalb sofort tot war, ohne zu leiden? Weil es auch nicht eine Sekunde nach dem tödlichen Schnitt noch einmal versuchte aufzustehen, wie es bei unbeholfenen Schlachtern manchmal geschieht? Ich muss gestehen, dass sie mir nun noch begehrenswerter erscheint. Wenn sie nur keine Sklavin und keine Ungläubige wäre!

Diesen Zwiespalt meiner Gefühle spürte ich auch und da besonders, als wir nebeneinander in Josefs Zimmer seine literarischen Ergüsse lasen. Dann musste sie plötzlich fort, zu Vater, wie sie sagte, um mit ihm über die Vorbereitungen zum Fest zu reden, was mir schon wieder das Blut ins Gesicht trieb. Ich verließ auch bald den Raum, bevor mein Bruder zurückkam von den Weiden, auf denen er sich die letzten Tage oft herumtrieb, als hätte er nie ein anderes Geschäft betrieben.

13

"Schade, dass du nicht dabei warst!" begrüßte mich Eliezer, den ich nun schon so lange kannte. Ich traf ihn in der Dämmerung am Hintereingang unseres Gehöfts, weil ich Vater nicht begegnen wollte.

Als ich schwieg, fuhr er fort:
"Es gab den köstlichen Wein aus dem grünen Nachbartal, das Fleisch des Mastkalbs hatten Sarah und die anderen Frauen mit Datteln und Feigen versüßt. Wunderbar! Es wurden auch Speisen serviert, die ich gar nicht kannte. Ich hoffe, sie waren alle koscher.
Aber das wird dein Vater wohl mit Sarah abgesprochen haben."

Sarah, Sarah, Sarah, dachte ich. Immer nur Sarah. - Und Josef!.

Eliezer fuhr fort: "Und im Hof wurde zur Musik von Harfen und anderen Instrumenten der große Kreisel gedreht, auf dem die Buchstaben E g W i g standen. Du weißt ja, was das heißt."
"Natürlich weiß ich, was das heißt. Aber der Kreisel wird doch sonst nur beim Lichterfest gedreht."

"Ja, aber dein Vater meinte, "Ein großes Wunder
ist geschehen", weil dein Bruder wieder zurück-
gekehrt ist."
"Ja, ja, wenn er das als Wunder ansieht. Ich weiß
ja nicht einmal, ob mein Bruder sein ausschwei-
fendes Leben bereut. Er kam doch nur zurück,
weil er nicht mehr anders konnte. Ein Wunder ist
nur, dass Vater immer ungerechter wird."

Eliezer ging zuerst nicht auf meine Worte ein. Er
versuchte, weiter von dem rauschenden Fest zu
schwärmen, redete von den wohlriechenden Ge-

230

würzen, nach denen der ganze Hof duftete, und von Vaters Geschenken an Freunde und an Arme, die sich am Rande des Hofs versammelt hatten. Als ich schon wütend die Klinke zu meiner Kammer in der Hand hatte, meinte er nachdenklich:

"Ich war Josef gegenüber damals auch anders eingestellt. Aber ich glaube, er ist ein anderer Mensch geworden. Das Elend hat ihn sehr verändert. Im guten Sinne

14

Am nächsten Tag konnte ich ihm nicht mehr ausweichen. Auch nicht, als ich meinte, ich müsse schnell auf die Felder.

"Arbeit ist nicht alles, mein Sohn", sagte er mit seiner langsamer gewordenen Stimme.

"Was denn, Vater?" konnte ich mich nicht enthalten zu erwidern.

"Die Menschen bestehen aus mehr als aus Arbeit, Ruben. Solidarität ist zum Beispiel ein wichtiger Wert. Und wenn wir sterben, ist die Frage, was bleibt. In meinem Alter denke ich immer öfter daran. Ich weiß nun auch, dass ich manchmal zu streng zu euch war. Mehr Liebe hätte ich euch zeigen sollen, auch dir, mein Sohn. Ein Schuldgefühl belastet mich. Obwohl Josef anders über Schuld denkt. Vielleicht sollte man Schuld ganz abschaffen, weil sie uns die Freiheit nimmt. Und nur mit Freiheit ist Liebe möglich. Ich denke auch

oft über den Sinn des Todes nach. Man muss mit der Tatsache des Todes fertig werden. Schon hier auf der Erde. Vielleicht ist das sogar der geheime Sinn des Lebens.

Schau mal!" meinte er schließlich, und kramte ein Schriftstück aus der Tasche seines Umhangs. "Diese Verse deines Bruders haben mich sehr bewegt, als ich sie las:

Dichte Wolkenbänke heben einmal sich noch schwer nach oben,
die Üppigkeit und Reifen loben, und lassen grüne Vielfalt leben.
Ein Wasser tritt ins Auge mir, wenn ich dran denke, dass die Frist
zum Abschied unvermeidlich ist
von all dem Prangen und dem Glänzen und diesem Reichtum ohne Grenzen
- und ganz zu schweigen erst von dir."

"Du meinst also, Josef hätte den besseren Teil erwählt," meinte ich mit Bitterkeit.

"Es gibt nichts Besseres, mein Sohn, nur Anderes."

Fast fühlte ich mich wie geprügelt nach seinen Worten. Ich ließ meinen Vater stehen und ging wortlos an meine Arbeit.

Mindestens 3000 Jahre

Zu Hause angekommen, ließen dem Fotografen die Dias, von denen man angeblich keine Abzüge mehr herstellen lassen konnte, keine Ruhe. 1963 hatte er zusammen mit einem Bekannten eine Spanien-Rundreise unternommen. Er selber war fasziniert von dem äußeren Erscheinungsbild und der Kultur dieses Landes, das geistig damals weit vom übrigen Europa, vor allem von Deutschland, entfernt war, mit seinen Stierkämpfen, seiner oft steifen Höflichkeit, seinen engen, nach altem Olivenöl riechenden Gassen in den Städten, den Männern in langen Hosen, Jackett und Krawatten auf den Flanierstraßen und in den Restaurants und Cafes sowie den nur in Gruppen auftretenden zahlreichen jungen Mädchen. Er wollte der Architektur der Araber und ihrer mudejaren und churrigueresken Abart begegnen. Dazu musste er in Kauf nehmen, dass sein Bekannter das Auto besaß, in dem sie reisten, und dass seine Interessen völlig andere waren: die Landwirtschaft der Huerta von Valencia und Bergbau und Industrie in Kantabrien, wie er sie in seinem Erdkundeunterricht seinen Schülern präsentieren wollte.

In einem Vorort von Barcelona hatten sie ein rauschendes Straßenfest erlebt, dessen Faszination sich auch der nüchterne Geographielehrer nicht entziehen konnte, und der Fotograf hatte ein Foto

von einer grazilen Tänzerin geschossen, auf einer Bühne, wo sie sich in einer Anmut vor dem Publikum verneigte, die ihn viele Jahre seines Lebens bis in den Schlaf verfolgte. Immerhin hatte er bei einem Wettbewerb einen Preis für dieses Foto erhalten. Und dann war es ihm irgendwie abhanden gekommen.

Er hatte im Keller eine leere Leinwand aus der Zeit, als er sich ein wenig mit Malen versucht hatte. Die hängte er nun an die Wand des Esszimmers, stellte seinen alten Diaprojektor auf den Esstisch und suchte in seiner endlos großen, aber gut geordneten Diasammlung das Magazin mit den Bildern der Spanienreise heraus. Ein paar Flusen, die sich unter dem Glas angesammelt hatten, störten das Bild, als er es auf die Leinwand projizierte, aber nicht allzu sehr. Nachdem er mit einem Taschentuch das Glas von außen gereinigt hatte, erblickte er ein ganz passables Bild, das er anschließend fotografierte. Beim weiteren Durchschauen der Bilder des Magazins entdeckte er einen Göpel, der von einem Maultier bewegt wurde, um das Wasser mit Hilfe eines Schöpfrads von einer niederen auf eine höhere Ebene in der Huerta von Valencia zu befördern, eine Technik, die es heute nicht mehr gab, und die es vorher Tausende von Jahren gegeben hatte. Auf einem anderen Bild sah man einen Dreschplatz in der Sierra Nevada bei Granada, auf dem ein Bauer auf einem Wägelchen über das Getreide fuhr, um es so zu dreschen, und auf einem dritten Bild Bauern mit Strohhüten, wie sie

mit einer Schaufel das Getreide in die Luft warfen, um die Spreu vom Weizen zu trennen. Er erinnerte sich an den biblischen Spruch.

„Wir haben in unserem Leben die weiteste geschichtliche Spanne erlebt, mehr als unsere Eltern und mehr als unsere Kinder", meinte er zu seiner Frau, als sie sich dazugesellte.

„Aber meine Großmutter konnte sich noch erinnern, wie sie zum ersten Mal Licht in ihrer Wohnung erlebte. Das war doch ein viel größerer Sprung, oder?"

„Na, gut, aber unsere Eltern hatten nicht so die Möglichkeiten zum Reisen wie wir. Und dadurch haben wir mindestens drei Jahrtausende menschlicher Geschichte zwar nicht selber erlebt, aber zumindest gesehen, und nicht auf dem Bildschirm, sondern in der Realität."

Auf einer zweiten Spanienreise war er per Anhalter unterwegs gewesen, per Anhalter nicht nur mit dem Auto, sondern auch mit Eseln und Mauleseln, in der Landschaft Las Hurdes bei Salamanca. Das Reiten auf dem Esel des Maultierhändlers, der ihn in seiner Kavalkade mitgenommen hatte, erwies sich als eine unerwartete Tortur. „Der Querschnitt durch einen Eselsrücken", sollte er später seinen Freunden erzählen, „gleicht einem spätgotischen Kirchenfenster." Bei jedem Schritt des Zockeltrabs, in dem sie sich in einer Staubwolke fortbewegten, wurde sein Körper mit dem zusätzlichen Gewicht des schwerbepackten Rucksacks auf den spitzen Grat des Tier-

rückens hinabgedrückt. So erlebte er jeden Schritt des Ein-bis Zweistundenritts einzeln, weil er ständig versuchte, durch eine Muskelbewegung die schmerzhafte Begegnung mit der bis dahin unbekannten Anatomie des Tiers zu lindern.

„Wenn Sie Spanien so erleben wollen, wie es früher einmal war, müssen Sie nach Las Hurdes", hatten ihm Spanier gesagt, die er kennengelernt hatte. Es waren zwei Elektriker, die mit der Elektrifizierung dieses abgelegenen Gebiets begonnen hatten, aber noch Jahre brauche würden, bis sie in jeden Winkel vorgedrungen sein würden. Und das Spanien von früher, das war ja sein eigentliches Ziel, ein Spanien, in dem es noch ein Leben geben sollte, in dem nicht wie in seinem eigenen Land alles in allen Einzelheiten nach dem Krieg neu aufgebaut wurde, in simplen, rein zweckmäßigen Formen, die er verachtete, die ihm langweilig waren, und wo jeder Quadratmeter in der Natur schon eimal von Menschen umgedreht worden war.

Das letzte Stück in diesem gottverlassenen Landstrich wurde er von den Fahrern eines Lastwagens mitgenommen, der Balkongitter geladen hatte, mit denen die Ladefläche vollgepackt war. Und obendrauf auf diesen teilweise verrosteten Gittern saßen außer ihm noch drei Spanier, die wie er in Nunjomorales herunterkletterten, aber dann nicht einfach mit einem mündlichen Dank davonkamen, sondern stattdessen nicht eher

wegdurften, als bis sämtliche Gitter auf dem Marktplatz des Dorfs abgelegt waren.

Einer seiner Mitreisenden war ein kleiner, misstrauisch blickender alter Mann mit einem Sack auf der Schulter, den er auch nicht aus den Augen ließ, als sie mit Abladen beschäftigt waren, als habe er darin eine große Kostbarkeit zu verbergen.

„Sie wollen nach El Gasco?" wurde der Fotograf von dem Beifahrer des LKW-Fahrers gefragt. Das hatte er ihm vor dem Besteigen des Wagens erklärt.

„Ja, wie komme ich dahin?"

„Hier, der Alte kommt von dort. Sie können ihn nachher einfach begleiten."

Der Alte hatte das zwar gehört, aber keinen Ton dazu gesagt.

Als sich der Fotograf an ihn wandte und fragte, ob er ihn begleiten könne, gab der nur einen brummigen Ton von sich, der ein –allerdings widerwilliges- Einverständnis zu signalisieren schien.

Auf einem schmalen Grat zwischen zwei tief eingeschnittenen Tälern lief der Alte vor dem Fotografen her, ohne sich umzudrehen. Er wusste nur von dem Beifahrer, dass der Alte drei Tage unterwegs gewesen war, um sich in Salamanca eine Spitzhacke zu kaufen, die nun schwer und scharf in dem Sack auf seinem gekrümmten Rücken hing. Neben der Mattigkeit, die seinen ganzen Körper wie mit Blei erfüllte, stieg nun Wut auf die Schnelligkeit des Alten in ihm auf, da er kaum

Muße hatte, seine Blicke in die Landschaft schweifen zu lassen. Er musste genau darauf achten, wohin er seine Füße setzte, auf diesem Pfad aus Schieferplatten, die an manchen Passagen seitlich von hochgestellten Platten geschützt waren wie von einer Art mittelalterlicher Leitplanke. Und die Details der Landschaft erreichten nur mühsam seine Pupillen, obwohl sie ihn andererseits mit gewisser Euphorie erfüllten, wie in einem Traum, der einem die Welt zeigte, auf die man schon lange gewartet hatte.

Über der endlosen Schlängelung eines Flusstales, aus dem tief unten zwischen graublauen Felsplatten ein sommerlich dürftiges Wasser aufblitzte, stiegen hinter einer Biegung Terrassen aus überwucherten Mauern auf, meist verlassen, manchmal aber augenscheinlich kultiviert, mit Obstbäumen und kleinen Feldern, deren dunkelbraune Erde frisch umgegraben schien.

Wohin lief der Alte mit ihm? Der Fotograf überlegte, ob der endlose Weg in diesem herben Geruch nach Pinien und trockenem Staub sich im Ende der Welt verlaufen würde, in einem unzugänglichen Winkel, von dem es kein Weiter und kein Zurück mehr gäbe. Die Olivenbäume mit ihren bläulichen schmalen Blättern, die man an manchen Hängen sah, wirkten verlassen oder zumindest vernachlässigt. Auf der anderen Seite sahen die endlosen trockenen Pinienwälder, in denen sich die Einzelheiten der Landschaft verloren, klein und deshalb jung aus, als wären sie vor

nicht allzu langer Zeit angepflanzt worden, vielleicht um ein mühsames Gegengewicht zu der Dürre von Las Hurdes zu bilden.

Die Eintönigkeit der Wälder begann ihn noch weiter zu ermüden, als er plötzlich mehrere Mauern vor sich auftauchen sah. Zu seinem Erstaunen entpuppten sie sich als Hauswände, kaum weniger regelmäßig als die

Terrassen, die in der Landschaft verschwanden. Da der Alte sich immer schneller fortbewegt hatte, je näher sie diesem Punkt kamen, fragte er ihn nun hastig nach einemTipp, wo er übernachten könne. An der Gabelung, die sich vor ihnen auftat, wies der Alte stumm nach links, während er selber eilends über ein paar schiefgetretene Stufen nach rechts verschwand. Diese Stufen waren teils aus dem Felsen geschlagen, teils durch grobe bräunliche Bruchsteinplatten geformt. Die Häuser daneben schienen überhaupt keine Fenster zu haben, und die Gasse bog nach einigen Metern nach links, so dass ein weiterer Ausblick unmöglich war. Auf der linken Gabelzinke wand sich der Weg aus Bruchsteinplatten weiter, rechts von eben solchen fensterlosen Hauswänden gesäumt, links den Blick auf das abschüssige Flussufer freigebend.

Einen Moment lang wunderte sich der Fotograf, dass der Klang seiner Schritte auf einmal vollkommen von einer merkwürdigen Ruhe verschluckt wurde, als er feststellte, dass die Gasse von einem dichten Teppich von braunen Kiefern-

nadeln bedeckt war. So als hätte man die Öffentlichkeit verlassen und befände sich in der Intimität eines fremden Wohnzimmers. Und nachdem nun die eine oder andere Hauswand tatsächlich von einer Tür unterbrochen wurde, allerdings verschlossen und aus rohen uralten Brettern gefertigt, sah er plötzlich ein Fenster an einer Wand. Da, noch ein Fenster oder zumindest eine Öffnung in der Bruchsteinwand, und noch eins, und dann- zu seinem Erstaunen- ein größeres Haus, mit zwei oder drei Stockwerken, auf dem ein abblätternder Putz auf einer anmaßenden Distanzierung von den übrigen Gebäuden zu bestehen schien. Und davor –kaum zu glauben- Menschen, die zwar nicht sprachen, ihm aber offensichtlich neugierig entgegenschauten. Zwei Männer mit Schnurrbärten hockten auf einem Stapel Bretter, die an einer Hauswand lehnten, neben ihnen stand ein Dritter mit einem wüsten struppigen Haarschopf und einem schütteren Vollbart. Während die beiden Schnurrbärtigen zu ihren dunklen braunen Kordhosen Hemden trugen, die in grauer Vorzeit einmal weiß gewesen waren, stemmte der Vollbärtige seine kräftigen Fäuste in die Seiten eines Hemds, das eine Aneinanderreihung von zusammengewürfelten Flicken darstellte. Die Zigarette in seinem Mund wanderte von einem Winkel zum anderen, während seine Augen unter den buschigen Brauen den Fremden abschätzig musterten, als überlege er, wie er ihn am besten ausnehmen, berauben oder zusammenschlagen könne.

Auf die Frage, wo er denn in El Gasco übernachten könne, erhielt der Fotograf von dem Mann im Flickenhemd die lakonische Antwort „Hier", von einer Kopfbewegung begleitet, die zu dem Haus mit der Putzfassade deutete. Nach einigen stockenden Dialogen, in denen der Fotograf sein Woher und Wohin erklärte, erhob sich eine Frau in einem dunkelblauen Wollkleid und einem Kopftuch in einer ähnlichen Farbe von dem Stein, auf dem sie gehockt hatte, betrat die Schwelle des Hauses und winkte dem Fotografen mit einer Gebärde, die zu sagen schien:

„Was zögerst du? Nun komm doch endlich!"

Er stolperte über dunkle Treppenstufen an einem Raum vorbei, der wie ein Viehstall roch, zu der nächsten Etage, auf der in einem größeren Raum ein Feuer brannte. Hier nahm die Frau einen kleinen Gegenstand von der Wand in die Hand, entzündete ihn an der Feuerstelle und stieg zu der dritten Etage, in der sie ihn in einen Raum wies, in dem er mit Mühe bei dem Licht des Öllämpchen, das die Frau in der Hand hielt, eine Art Bett erkannte. Sonst war der Raum leer.

„Wo kann ich mich waschen?" fragte er.

„Am Fluss", antwortete sie.

„Und die Toilette?"

„Ist unten."

In diesem Moment hörte er etwas, was ihn trotz aller Müdigkeit elektrisierte. Trommelschlagen und dazu eine Flötenmelodie, unablässig die gleiche Kadenz wiederholend. Mittelalterlich oder archaisch klang es ihm in den Ohren.

241

Eilends kramte er seinen Fotoapparat aus seinem Rucksack. Eine Agfa Ambi Silette, nicht das teuerste Modell zur damaligen Zeit, aber immerhin mit Wechseloptik, zu einem Preis erstanden, an den er nicht denken durfte, wenn er an den Vollbärtigen und die anderen Menschen in diesem Dorf dachte. Bestimmt stellte der Apparat zur Zeit das kostbarste Gerät in dieser steinzeitlichen Umgebung dar. Wie würden sie sein Erscheinen aufnehmen? Oder hätten sie vielleicht gar keine Ahnung von ihrem Wert? Egal! Er musste das fotografieren, was ihn da wie ein Traum umgab.

Eilends die Treppe hinabstolpern, ein Blick in das fensterlose Zimmer mit dem glimmenden Herdfeuer und zwei dunklen Gestalten daneben, die nächste Treppe, an dem Raum vorbei, aus dem ihm der üble Geruch von Stall und Toilette entgegenschlug, zwei Stufen aus dem Haus heraus in die stickige Hitze der Gasse. An dem verschlagen grinsenden Wirt im Flickenhemd vorbei zu dem kleinen Platz, der hier durch eine ungelenke Verbreiterung der Gasse gebildet wurde. Auf einem Bretterstapel hockten Männer in Hemden, die vor langer Zeit einmal weiß gewesen waren. Fast alle trugen dunkelbraune Kordhosen, die sich in ihrer Farbe wenig von dem Ockerbraun des Bodens abhoben. Zwischen ihnen und hinter ihnen lugten schmutzige Kinder neugierig-stumpf auf die Szene, in deren Mitte eine junge Frau tanzte. Sie war die einzige Person, die ein Kleid von einer gewissen Farbigkeit trug, cremeweiß mit breiten dun-

kelroten Streifen von oben nach unten. Dazu hatte sie sich eine blaugraue Schürze umgebunden. Sie unterschied sich von den anderen Frauen dadurch, dass sie ihr struppig-lockiges Haar nicht mit einem Kopftuch verdeckte, und durch eine fast Wohlgenährtheit zu nennende Körperfülle. Eine Gans, die vor dem Schlachten gut gefüttert wurde, schoss es dem Fotografen durch den Sinn, als ihn die anderen darauf aufmerksam machten, dass dies die Braut sei. Der Bräutigam war allerdings weit und breit nicht zu sehen. Stattdessen führte ein schwitzender Typ mit einem Handtuch über der Schulter die Wohlgenährte von einem zum anderen der Männer, um sie von ihm betanzen zu lassen. Sie erhoben ihre Arme angewinkelt, als wollten sie einen Sieg feiern oder wie ein Gockel mit gespreizten Flügeln vor der Henne, der sie imponieren wollten. Auch der Fotograf wurde von dem schmierigen Dicken zum Tanzen aufgefordert. Anschließend kassierte er fünf Peseten, einen Duro, von ihm, was von den anderen mit stechenden Blicken registriert wurde. Eintönig und eindringlich zugleich klang die Musik der Einmannkapelle, die aus einem alten Mann bestand, der mit einer Hand die Flöte hielt und mit der anderen den Schlegel penetrant auf die Trommel wirbeln ließ, die ihm an der Hüfte baumelte. Die wenigen Melodien, die der Alte mit seinen Fingern den Löchern der Flöte entlockte, versuchten fast verzweifelt, der Kargheit und Unbehaustheit der Landschaft einen Schimmer von Zartheit und Poesie zu verleihen. Der Trommelryhthmus aber verriet, dass diese Musik einmal

243

von rüden Soldaten in diese Gegend gebracht wurde, vielleicht von brutalen Werbern, die die Männer dieser rauen Einsamkeit dazu verführen wollten, ihre geschundenen Knochen und die Schwielen an ihren Händen einzutauschen gegen die blauen Flecken von der Prügel, die ihre Offiziere ihnen verabreichen würden, und die schwärenden Wunden, die die Gegner ihnen zufügen würden.

Plötzlich formierte sich die traurige Gesellschaft zu einem Zug, der sich hinter der Gestalt des Flöten- und Trommelspielers durch die auf- und absteigenden Gassen des Dorfs bewegte, als wollte er auch noch die letzten Schläfer und Verletzten der Bevölkerung auf die außerordentliche Unterbrechung der gewohnten Lethargie aufmerksam machen. Der Fotograf wusste nicht, wie ihm geschah, als das Ganze dann wie ein Spuk verschwand, in Nebengassen, in sich auftuende dunkle Türöffnungen, von den Teppichen der Kiefernadeln auf dem Boden verschluckt.

Er sah sich auf einmal mit den dunklen Gestalten der Wirtsfamilie auf dem Boden und auf einigen wackligen Stühlen um das Feuer in dem Raum der ersten Etage versammelt. Eine Frau mit einem langen dunklen Kopftuch schöpfte aus einem Kessel, der an einem Zahnkranz über dem Feuer hing, auf Teller, die er und die anderen in den Händen hielten. Die Linsensuppe, die sie alle von verbogenen Löffeln schlürften, schmeckte nicht einmal schlecht. Geredet wurde nicht viel.

Er erfuhr lediglich, dass die Hochzeitsfeier nachher in einem anderen Gasthaus weitergehen würde. Aha, in einem anderen Gasthaus. Das hieß also, dass er sich hier auch in einem Gasthaus befand.

Wieder riefen auf einmal der durchdringende Klang der einsamen Flöte und der harte Trommelschlag zum Ansammeln der Menschen in den verwinkelten Gassen. In der Dämmerung tauchten zunehmend die Lichter von Öllämpchen auf, wie er sie bisher nur im Museum gesehen hatte. Wie Eisenfeilspäne zu den Magnetpolen drängte alles zu einem Gebäude in einer steilen Gasse, durch die schwarze Türöffnung, in einen Raum ohne Möbel, ohne Fenster, gerade so weit durch Öllämpchen erleuchtet, dass man die verrußten Wände und die schwitzenden Gesichter zumindest ahnen konnte. Hier dominierte die Musik des alten Mannes noch mehr als in den Gassen, so dass die Stimmen kaum zu verstehen waren. Stimmen der Männer. Denn es handelte sich ausschließlich um Männer, die hier beeinander standen. Ein paar von ihnen hüpften in einem Kreis um die Braut herum, die immer noch zu ihrem merkwürdigen Kleid ihre dicken Strümpfe trug. Sie fielen auf, weil sie nicht wie bei den anderen Frauen im Dorf von langen Kleidern oder Röcken verborgen wurden, sondern bis zu den Waden zu sehen waren, fast aufreizend, wären sie nicht so dick und undurchdringlich erschienen.

Überhaupt war sie nicht gerade ein Ausbund von Schönheit. Und trotzdem drängten sich die Män-

ner zum Tanz mit ihr. Weil sie vielleicht die einzige junge Frau weit und breit war? Oder weil sie von dem Padron mit dem Handtuch ständig zum Tanzen animiert wurden. Oder weil es sie wirklich drängte, sich mit ausgebreiteten Armen wie balzende Vögel zu bewegen.

Oder weil sie zu einer urzeitlichen Musik ein vorchristliches Ritual feierten? Nicht unbedingt menschenfreundlich, aber in einer Gemeinschaft von Opfer und Gewalt. Alle zusammen einer großen Verlockung nachgebend, die Gesichter betrunken, lauernd, neugierig aus der Stumpfheit heraustretend. Wurde er in diese Gemeinschaft einbezogen, weil er einmal da war, oder wollte ihn der mit dem schmierigen Handtuch bloß abkassieren? Fünf Peseten pro Tanz kamen dem Fotografen teuer vor. Zahlten die anderen eigentlich denselben Preis? Oder wollten sie nur seine Geldbörse sehen, um sie ihm im richtigen Moment zu entwenden?

Statt eines Bräutigams war immer noch nur der schwitzende Dicke mit seinem Handtuch zu erblicken. Patron wurde er von den anderen genannt. Ein finsterer Gedanke an die wahre Funktion dieses Patrons tauchte in des Fotografen Kopf auf. Er forderte unablässig die Männer und auch den Fotografen zum Tanzen auf, immer für 5 Peseten, die er in seine Hosentasche steckte. Anschließend wurden Krüge herumgereicht. Die flackernden Lichter fielen auf ein violett-schwarzes Gebräu. Plötzlich tauchte solch ein Krug vor dem

Gesicht des Fotografen auf, mit einer unwiderstehlichen Aufforderung zum Trinken verbunden. Während er sich dazu zwang, der Aufforderung nachzukommen, meinte er, auf der Oberfläche der dunklen Flüssigkeit Dunkleres herumschwimmen zu sehen. Der Gedanke daran, was das sein könnte, verursachte ihm eine kaum zu bezwingende Übelkeit. Doch musste er weiter gute Miene zum bösen Spiel machen. So dachte er zumindest. Und so verhielt er sich auch. Bis das Wort Rotzflecken in seinem benebelten Hirn dazu führte, dass er plötzlich aus aus dem Haus herausstürzte, durch die Gassen, bis zu dem Haus, das er nun fast als Heimat empfand. Wo er sich schließlich in einem schwankenden Zustand zwischen Trunkenheit und Ekel auf der quietschenden Liege in seinem Zimmer wiederfand.

Die Übelkeit bescherte ihm eine Kette von wirren Träumen. Jedes Mal, wenn er wach wurde, sehnte er den Morgen herbei. Aber warum eigentlich? Was würde dann besser sein? Zwischendurch fühlte er mehrmals den Drang, das Klo aufzusuchen. Dann stolperte er die Treppe hinunter und kämpfte dabei heftig gegen das Kotzen an. Was sich auch nicht besserte, als er endlich sein Geschäft verrichten konnte.

Das war ihm mittlerweile klar: Das komplette Erdgeschoss außer der Treppe war nichts als ein riesiges Klo, und zwar für alle Lebewesen, die in diesem Haus Unterschlupf fanden, einschließlich Schafen, Ziegen und Hühnern. Deren Ställe

mussten irgendwo mit diesem Raum verbunden sein. Das schloss er aus der Beschaffenheit des Bodens. Der bestand teils aus festgetretenem Mist, teils aus frischen Hügeln, teils aus dem, was die menschlichen Bewohner des Hauses vor kurzem hier zurückgelassen hatten, wie ihn der Schein seiner Taschenlampe erbarmunglos aufklärte.

Er hätte später nicht mehr sagen können, was ihn am Morgen dazu brachte, aufzustehen und sich hinunter zum Fluss zu begeben, wo er sich waschen wollte. Die Übelkeit und eine stumpfe Dumpfheit in seinem Kopf ließen ihm alles als schwierig erscheinen, jede Bewegung beim Waschen, jeden Blick in die Umgebung. Eigentlich wollte er nur noch eines: so schnell wie möglich fort von diesem Ort.

Als er sich nach der mühsamen Morgenwäsche von den graublauen Schieferplatten am Flussufer erhob, um sich abzutrocknen, fiel sein Blick auf das gegenüberliegende Ufer, und er erblickte staunend etliche schmale Rauchsäulen, die zwischen den Stämmchen des Kiefernwäldchens emporstiegen. Nun sah er vielerlei Gestalten, die dort in kleinen Gruppen an verschiedenen Stellen beschäftigt waren. Einige winkten ihm zu. Seine Neugierde besiegte augenblicklich seine Abgespanntheit, und er überschritt über weitere Felsplatten das niedrige Wasser des Flusses. Beim Näherkommen konnte er bei jeder Gruppe einen kesselartigen Gegenstand ausmachen, unter dem

ein Feuer brannte. Neben den Kesseln lagen Haufen von einer dunkelvioletten Masse, Traubenschalen, wie er bald erkannte.

„Komm mal her!" sagten ein paar Leute, „Willst du mal probieren?"

„Schnaps!" schoss es ihm durch den Kopf. „Die brauen hier Schnaps. Wahrscheinlich verboten. Aber wer kommt wohl hier etwas kontrollieren? Wahrscheinlich niemand."

Er hob abwehrend die Hände. Wieder forderten sie ihn auf zu probieren und hielten ihm einen schmalen hölzernen Becher hin. In dem Augenblick kamen ihm wieder die Krüge von gestern Abend in den Sinn, und sein Magen rebellierte.

„Mein Magen," meinte er und zeigte auf seinen Bauch. „Mein Magen ist nicht ganz gesund."

„Dann ist das genau das Richtige", antworteten sie und hielten ihm den Becher an die Lippen. Er musste alles schnell hinter sich bringen. Nur keine Diskussionen. Deshalb nahm er den winzigen Becher, der aus einem ausgehöhlten Stück Holz zu bestehen schien, und stürzte den Inhalt mit Todesverachtung hinab. Wie Feuer brannte es in seinem Schlund. Fast verschlug es ihm den Atem. Doch einen Augenblick später –kaum zu glauben- wurde er plötzlich klarer im Kopf, und es war, als kehrten seine Lebensgeister zurück.

Diese Lebensgeister, das war ihm klar, brauchte er dringend, um von hier fortzukommen, bevor ihn ein neuer Tiefschlag erreichte. Den Rucksack fertigmachen, was nicht viel Arbeit bedeutete, da er kaum etwas ausgepackt hatte, den Wirt um die

Rechnung bitten, den Betrag, der ihm genannt wurde, bezahlen, und dann nichts wie weg. Er bezahlten einen Preis, so hoch, wie er ihn auf seiner ganzen Reise noch nie gezahlt hatte. Weil man ihn für ein Wesen von einem anderen höheren Stern hielt, oder weil man die seltene Gelegenheit, einen zahlenden Gast zu haben, ausnützen musste? Oder weil man ihn mit dem einzigen Fremden verglich, der einmal hier gewesen war, einm französischen Ingenieur, wie man ihm erklärte? Einem Ingenieur, der im Zusammenhang mit der Planung einer Talsperre hier gewesen war. Vor wie langer Zeit, konnte er nicht herausbekommen.

An die Einzelheiten seiner Rückreise konnte sich der Fotograf später nicht erinnern. Seine Erinnerungen setzten erst wieder ein, wenn er an die die goldenen Fassaden der Kirchen und Paläste in Salamanca dachte. Doch, nein, ein anderes Bild tauchte noch in seinem Kopf auf. Er konnte es aber nicht recht in einen Zusammenhang einordnen, nur der Ort war ihm einigermaßen klar. Das Ufer desselben Flusses, der durch das Dorf El Gasco floss, aber viel weiter unten, da, wo es schon eine Straße gab, wenn auch nur eine geschotterte, und wo er am Fluss auf eine ältere Frau traf, die dort ihre Wäsche wusch, und die ihm unbedingt etwas mitwaschen wollte, so dass er ihr schließlich ein Paar Socken aus seinem Rucksack herauskramte, die sie dann mit solcher Heftigkeit auf einem Stein im Fluss schrubbte, dass sie außer mit einer vielleicht erhöhten Sau-

berkeit mit ein paar Löchern der Behandlung entstiegen. Ihm selber, dem Fotografen, blieb nur die schon ein wenig schmerzliche, aber vielleicht heilsame Erkenntnis, dass es Dinge in seinem Leben gab, die er heftig begehrte, bevor er sie kennenlernte, aber tatsächlich besser nicht kennenlernte oder zumindest nur ansatzweise, schnuppernd, wenn er in ihnen nicht zu Grunde gehen wollte.

Display

Es war immer so, dass Friedhelm Höhenpflüger nur dann entflammt war, wenn sein weibliches Gegenüber das Display auf seiner Stirn und in seinen Augen wahrnahm. War das aber der Fall, dann gab es für ihn kein Halten mehr. Er vergaß alle anderen Mädchen oder Frauen, die in seiner Nähe wohnten, mit ihm zusammen studierten oder neben ihm am Strand lagen.

Helgas weiche Haut und ihren kirschenroten Mund erblickte er erst, nachdem er in ihren Augen das Erkennen gesehen hatte, das Erkennen der Schrift auf seiner Stirn und in seinen blauen Augen. Er wusste, dass da etwas geschrieben stand, was für sie von großer Bedeutung war, und was über geheime Kanäle mit seinem innersten Sein verbunden war, obwohl er es selber nicht kannte. Da war es dann, als passte ein suchender Schlüssel auf ein Schloss, das schon lange darauf gewartet hatte, entdeckt zu werden. Und wenn der Schlüssel gedreht wurde, öffnete sich für ihn das weibliche Gegenüber mit allen seinen Schätzen.

So fasste er den Mut, das zu tun, wovon er bisher nur auf den Lichtungen im Wald geträumt hatte, zu denen er sich manchmal zurückzog, und was er in der Wirklichkeit nie für möglich gehalten hätte, nämlich ihren kühlen bloßen Arm zu berüh-

ren, als sie nebeneinander auf dem Sofa saßen und die kitschigen Platten anhörten, die seine Tante in der Sammlung neben ihrer Musiktruhe aufbewahrte. Wenn bei Capri die rote Sonne im Meer versinkt. Er wusste, wie süßlich unecht die Stimmung war, die da zelebriert wurde. Sie verschmolz aber mit diesem unsäglichen Gefühl, als sie die Berührung erwiderte und ihm schließlich einen weichen Kuss auf seine spröden Lippen drückte.

War er bei diesem ersten Mal fast einer Ohnmacht nahe, so genoss er später zunehmend ihre Treffen und sie kamen dem nahe, was das Drücken von Schokolade und Marzipan gegen den eigenen Gaumen bewirkte, nur dass hier der Gaumen sein ganzer Körper und noch mehr seine Seele waren. Erhöht wurde die Lust noch durch die Notwendigkeit, Ausschau nach strengen Erwachsenen zu halten, die sie hinter dem Bretterhaufen in dem Gartenschuppen erblicken und an ihre Eltern verpetzen könnten. Und wenn er eine Decke auf den Gepäckträger seines Fahrrads schnallte, achtete er sorgfältig darauf, dass niemand bemerkte, wie er damit in den nahegelegenen Kiefernforst fuhr, wo er sie auf einer verborgenen Lichtung ausbreitete, um auf ihre Ankunft zu warten, mit Bangen, ob sie wirklich erschien. Aber sie kam immer. So reisten sie beide durch die Landschaften ihrer glatten jugendlichen Glieder, befeuchteten die vor Aufregung trockenen Wangen, den Hals, die heißen Ohren und die

dem anderen entgegengeneigte Stirn mit ihren gierigen Lippen.

Einmal sah er ein Erstaunen in ihren glänzenden braunen Augen. Nämlich als seine Hand sich still zurückschlich, als sie beim Hochrutschen ihres bunten Sommerkleids unversehens an eine Stelle geriet, an der er einen Teil ihrer Haare berührte, der sich ganz anders anfühlte als ihr weiches dunkelblonden Haar, das auf ihre Schultern fiel. Dieses Haar, das er nur spürte, aber nicht sah, war merkwürdig hart und ließ einen Moment das Gesicht seines Pastors in seinen Gedanken auftauchen, obwohl er sich bemühte, dieses schwitzend sorgenvolle Antlitz schnell verschwinden zu lassen.

An einem verregneten Augusttag fuhr Friedhelm am Nachmittag vom Sportunterricht in seinem Gymnasium zurück nach Hause, als an der Haltestelle vor den dampfenden Schornsteinen der Chemiefabrik - sie in die Straßenbahn trat. Die Arbeit im Labor war beendet, und sie setzte sich wie eine Traumwandlerin auf den freien Platz neben ihn. Wortlos hielten sie sich an der Hand, während ihr Blut sich in wer weiß welche Verästelungen ihrer Körper und ihrer Seelen hineinpochte. Beide dachten an die Lichtung im Kiefernforst. Beide stellten sich die Nässe auf dem Boden vor und auf der Decke, die sie nicht einmal dabei hatten.

Als sie ausstiegen, führte sie ihr Weg durch eine lange dunkle Eisenbahnunterführung. Wo Eingang und Ausgang gleich weit voneinander entfernt waren, drückten sie sich mit ungewohnter Wucht aneinander und rieben ihre Körper, als wenn jeder sich in dem des anderen befände. Dann nestelte Helga an der Stelle ihrer Bluse, wo in Friedhelms Augen ihre Landschaft zwischen Hals und Busen einen Hang bildete, den er nicht befahren konnte, weil er es nicht ausgehalten hätte. Da lauerten Gefahren, denen er nicht gewachsen war. Gefahren wie in den Erzählungen von Edgar Allan Poe, von dem er nun zu reden begann. Und nicht mehr aufhörte. So dass ihre Hände sanken. Sich dann wieder hoben und die Knöpfe an ihrer Bluse schlossen. Und ihren Blick auf sein Display schickten. Auf seine Stirn und seine Augen. Dort erblickte sie neben der ersten Schrift, die sie als die eigene erkannt hatte, eine zweite, etwas, was sie maßlos entsetzte, entsetzte und enttäuschte. Diese Enttäuschung sollte lange anhalten, so lange, dass er beim nächsten vereinbarten Treffen im Kiefernwald alleine blieb. Und auch danach. Und auch die ganzen nächsten Jahre ihre weichen Arme und Beine und ihren kirschenroten Mund nur noch im Traum sah, wenn er mit seinen Pfadfindergefährten am Lagerfeuer saß, oder wenn er bei einer Nachtwache in einem Zeltlager in den Sternenhimmel schaute.

***

Während sich die anderen Theaterbesucher in dem Gebäude, das sich verräterischerweise Erholungshaus nannte, in der Pause über die Garderobe einer Bekannten unterhielten oder über den unverschämten Preis, den man im Foyer für ein Glas Sekt zu zahlen hatte, erblickte Ute in Friedhelms Display die philosophische Auseinandersetzung, die ihnen in Schillers Don Carlos begegnet war. Allerdings beging sie dabei einen fundamentalen Irrtum, den sie später bitter bereute. Auch sie hatte die zweite Schrift im Display übersehen. Oder sie erschien erst später auf seiner Stirn und in seinen Augen. Jetzt sah sie hier nur die Bewunderung für den schöpferischen Geist des Autors, für das Genie, und das Nachdenken über die Menschenrechte.

Friedhelm schob den Gedanken an die dunkle Leidenschaftlichkeit einer Domina als unanständig beiseite, während sein Blick auf ihrer strengen glänzenden Haartracht ruhte, als er im gleichen Moment erkannte, dass sie in seinem Display las. Wie immer entzündete ihn das sofort. Ihre schwarze Ponyfrisur zog ihn unwiderstehlich in eine Diskussion über Gewissensfreiheit hinein, die ihm den Vorwand gewährte, ausdauernd ihr feingeschnittenes Gesicht zu betrachten, ohne dass sie unwillig den Kopf schütteln konnte, wie sie es manchmal getan hatte, wenn sie sich in einem Freundeskreis nach der Sonntagsmesse getroffen hatten, und er irgendeine harmlose Anekdote erzählt hatte, wie es seine Art war. Jetzt runzelte sie auch nicht mehr die Stirn wie

eine strenge Studienrätin, die damit unwiderruflich die Dümmlichkeit oder Faulheit eines Schülers kommentierte, bevor sich ihr Urteil in pädagogisch motivierte sachliche Argumente verflüchtigte. Er war nun ihr heiß begehrter geistiger Partner, mit dem sie die endlosen Landschaften der Philosophie, der Literatur und der Musik durchwanderte.

Später würde es ihm so vorkommen, als hätten all diese geistigen Wanderungen in einem dunklen Winter stattgefunden. Vielleicht weil die Termine zu den meisten Veranstaltungen, auf denen sie sich trafen, immer erst in den Abendstunden lagen. Wäre alles ganz anders abgelaufen, wenn sie sich auf der sommerlichen Wiese vor der Hochschule getroffen hätten, sie in einem luftigen weißen Kleid und nicht in einem strengen feierlichen Kostüm wie bei der Wallenstein-Aufführung und bei den philosophischen Vorträgen über Willensfreiheit oder über Platons Höhlengleichnis? Oder war ihr Wille so stark, dass sie sogar die Jahreszeiten beeinflussen konnte, wie ihr Verstand so stark und klar war, dass sie keine Schwierigkeiten zu haben schien mit dem Verständnis der Subjekt-Objekt-Spaltung in Carl Jaspers' Einführung in die Philosophie? Während Friedhelm bei Subjekt und Objekt immer an sich selber und sein Verhältnis zu Ute und umgekehrt denken musste, was offensichtlich seinen philosophischen Gedankengang erschwerte.

Als einzige helle Erinnerung an Ute bildete sich in seinem Kopf das Konzert auf dem glänzenden Parkett des Schlosses mit seinen Spiegelwänden ab, hell zumindest bis zur Pause, in der sie im Park mit seinen hohen Eichen und Buchen spazierten. Friedhelm war noch ganz benommen von den Klängen von Beethovens Violinkonzert, und ihm schienen der transparente Himmel und der leichte Wind, der an diesem Nachmittag wehte, eine neue Epoche in seinem Leben anzukündigen. Als er Ute von den Gefühlen zu reden begann, die das Konzert in ihm aufgewühlt hatten, sprach sie von der Pastorale, die im zweiten Teil gespielt würde, und Programmmusik im Allgemeinen und begann einen Gang durch die Musikgeschichte, die bei Vivaldi anfing und bei Mussorgski endete. Er schaute ihr schwarzgerahmtes feines Gesicht an, wünschte sich, dass sie auf seine Bemerkungen über Gefühle zurückkomme und nahm ihre kleine feste Hand, was er sich noch nie getraut hatte. Und da geschah es: Er spürte, wie sie auf seiner Stirn und in seinen Augen etwas gewahrte, was ihr ganz und gar nicht gefiel, so dass ihr Gesicht einen ironischen Ausdruck annahm, während sie ihre Hand zurückzog.

Täuschte er sich, wenn er meinte, sie rückte in der zweiten Hälfte des Konzerts noch ein wenig weiter von ihm ab? Er verlor sich nun an das Gesicht einer blonden Cellistin, deren Miene zwar verschlossen schien, aber hinter der kleinen senkrechten Falte auf ihrer Stirn ein Leuchten verbarg, das beim Ende der Stücke und beim

Beifall des Publikums erschien, ein Leuchten, mit dem sie auch den stolzen Dirigenten in seinem glänzenden Maßanzug bedachte, wenn er sich leutselig verbeugte und danach mit aufgesetzter Bescheidenheit auf die Mitglieder des Orchesters wies.

Als sie sich während des Studiums ab und an in der Straßenbahn begegneten, wurde sie für ihn immer mehr zur Studienrätin, die ihn abschätzig ansah und ihren Pony unwillig schüttelte, wenn er von seinem Praktikum in einer Schule und seinen ersten Erfahrungen mit Schülern sprach. Sie redete dann nicht mit ihm über Sartres Freiheitsbegriff und das en soi und das pour soi und auch nicht über den französischen Symbolismus oder Stefan George und seine prachtvollen Gedichte, die nicht an die Seele rühren.

***

Dieses Mal wünschte er sich, noch bevor Gudrun sein Display gesehen hatte, dass sie sich noch einmal umdrehte. Er schaute auf ihre wirren dunklen Haare, die zwei Reihen vor ihm aus den ansteigenden Sitzreihen des Hörsaals über dem leichten weißen Sommerkleid auftauchten und dachte an das Dunkel in ihren Augen, das einen Hang zum Leiden zeigte, der unwiderstehlich zur Erlösung aufforderte. Als sie seine Banknachbarin um ein Blatt Papier bat, das sie nicht brauchte, bot er ihr ein Butterbrot aus seiner Tasche an, um den Hunger in ihren Augen zu besänftigen. Das war der Moment, in dem sie auf seiner Stirn sein

Verlangen nach rauschhafter Befreiung las. Während sie mit verführerischen weißen Zähnen in das gereichte Brot biss, fragte sie ihn, ob er noch am gleichen Abend ins Tabu am Hohenzollernring käme. Er konnte nicht verstehen, dass er das vor fünf Minuten noch für äußerst fraglich gehalten hätte.

Nachdem er über eine steile Treppe ins Dunkle gestolpert war, aus dem ihm eine unendlich laute Beatmusik die Ohren betäubte, schubste ihn jemand zu einem Tisch mit einer dicken Wolldecke, wo er einen winzigen Bon für damals für ihn teures Geld in die Hand gedrückt bekam. Dann zog ihn ein seidiges rotes Kleid, das plötzlich aus dem schummrigen Licht auftauchte, welches von milchigen Rauchschwaden durchflossen war, zu einem winzigen runden Tischchen an der Wand, wo er für den Bon ein Bier mit Gin auf die Glasplatte geknallt bekam. Gleich darauf fand er sich mit dem wirren dunklen Haarschopf und den leidenden Augen auf einer kaum mehr als tellergroßen Tanzfläche wieder, die von blitzenden Gitarren, Saxophonen, Trompeten und einem scheppernden Schlagzeug begrenzt wurde, und einer Sängerin, die verzweifelt versuchte, das Mikrophon vor ihrem Mund zu verspeisen.

Beruhigten sich die Ekstase der Musiker und der zuckenden Körper in einem schmusigen Blues, so spürte Friedhelm unverhoffte Erhebungen und Schluchten an dem zierlichen Körper, der sich an ihn schmiegte. Zu dem Wenigen, das sie mitei-

nander redeten, gehörte eine Verabredung für den übernächsten Abend im Fahrradkeller einer Freundin von Gudrun. „Der ist groß genug für alle", meinte sie mit ihrer merkwürdig rauchigen Stimme und ließ ihn Züge aus ihrer monströs aussehenden Zigarette tun. Als sie am frühen Morgen an die kühle Luft auf der Straße traten, schwankte Friedhelm wie ein Schiff im Sturm und redete zum eigenen Erstaunen ununterbrochen. Und lachte dazu, als habe er gerade eine Menge unwiderstehlicher neuer Witze produziert.

Die Veranstaltung im Tabu wiederholte sich bei Gudruns Freundin, mit dem Unterschied, dass die Musik nun aus einem urweltlichen Tonbandgerät quoll, dass sie, statt auf unbequemen Stühlen zu hocken, auf Matratzen am Boden des leergeräumten Fahrradkellers lagen, nicht zu zweit, sondern mit einem Dutzend anderer, in wechselnden Formationen, aber nach kurzer Zeit in gleich dicken Rauchschwaden, die nun alle gemeinsam produzierten. Dieses Mal stellte sich die Veränderung der kahlen Wände sowie der langhaarigen jungen Männer und der kurzberockten Mädchen schon nach kürzerer Zeit ein. Das Tanzen fand nun in ihren Köpfen statt, und die witzige Unterhaltung war eine Gemeinschaftsarbeit, jeder für sich und alle für alle.

Bei der Fortsetzung am Wochenende hatten sie die teuren Teppiche und Polster des Sofas im Wohnzimmer und die sauber bezogenen Matratzen im Schlafzimmer der unbedarften Eltern einer

anderen Freundin zur Verfügung, die es verstanden hatte, ihre Eltern zu einem harmlosen Wochenende bei Verwandten an der Mosel zu bewegen. Als auch hier wieder Räume und Möbel in gnädigen Rauch und rötliches Lampenlicht getaucht waren, verschwammen alle Konturen, die Konturen zwischen den einzelnen Paaren, die Grenzen zwischen den Körperteilen, so dass Friedhelm manchmal meinte, lange farbige Finger griffen nach ihm, was ihm einen gehörigen Schreck versetzte. Die Hosen der Jungen mit den breiten Aufschlägen und die kurzen Röcke der Mädchen lagen als Kunst am Bau zusammengeknüllt in einer Ecke und das Klima schien so angenehm, dass man eigentlich auf jedes Kleidungsstück verzichten konnte. Friedhelm wusste nun nicht mehr, ob es sich um die leichten Erhebungen auf dem Körper von Gudrun handelte oder um die fülligeren auf dem ihrer Freundin oder von wem auch immer. Alles war in ein Kaleidoskop von Farben getaucht, das sich ununterbrochen um sie drehte. Sie stopften alles in sich hinein, was sie im Kühlschrank fanden, wobei sie sich wunderten, dass sie noch nie gemerkt hatten, welch eine Delikatesse rohe Kartoffeln mit Erdbeermarmelade und Leberwurst mit Honig darstellten. Einer der Jungen stieg aus dem Fenster und musste unbedingt einmal das Abflussrohr der Regenrinne hinunterrutschen, und eines der Mädchen wollte endlich einmal ausprobieren, wie es sich anfühlte, wenn man sich eine lange Nadel durch die Wange stößt. An den beiden ersten Tagen der nächsten Woche vermisste Friedhelm

Gudrun nicht im Hörsaal, weil er selber nicht da war, sondern sich in einem Zustand zu Hause im Bett befand, der seine Mutter schon den Doktor holen lassen wollte, bis er am Mittwoch zu ihrem freudigen Erstaunen aufstand, als sei nichts gewesen.

„Du musst aber langsam auch etwas beitragen", meinte Gudrun am Mittwoch gähnend nach der Vorlesung über Allgemeine Didaktik. Als er fragend in ihre leidenden Augen schaute, von denen er mittlerweile wusste, dass sie angeblich etwas mit dem Handwerksmeister, ihrem gestrengen Herrn Papa, zu tun hatten, bestellte sie ihn für den Nachmittag zum Kaufhof, was ihn wunderte. Aber aus ihren Augen leuchtete dunkel das unausgesprochene Verbot, nach dem Warum zu fragen, so wie es bei jeder ihrer bisherigen Verabredungen gewesen war. Vor dem Jugendstil-Portal des Kaufhofs sagte sie es ihm dann:
„Wir nehmen Parfüm."
„Parfüm? Wozu?"
„Es ist das Teuerste, was nicht verschlossen ist. Der Schmuck ist hinter Glas."
„Und wozu?"
„Du musst jetzt langsam auch etwas dazu beitragen. Meinst du, der Stoff ist umsonst?"

Hätten sie sich nicht beeilt, gleich darauf in die duftende Abteilung mit den kostbaren Fläschchen einzudringen, wo Gudrun die Verkäuferin ein paar Schritte weiter ablenkte, damit er unbemerkt den Flakon an sich nehmen konnte, unter dem ein

Etikett mit der unwahrscheinlichen Zahl 196 DM hing, so hätte sie womöglich jetzt schon die Änderung in seinem Display wahrgenommen. So aber erblickte sie sie erst, als sie ihm ein paar Tage später auf der Wiese vor der Hochschule erklärte, wie sie in der Nacht die Tür der Eulenapotheke aufbrechen könnten. Nun konnte auch der neuerliche Glanz in ihren leidenden Augen nicht mehr verhindern, dass sich die Schrift auf seiner Stirn änderte. Er selber hatte es nicht einmal bemerkt. Er wunderte sich nur ein wenig, dass sie ihr Gespräch mitten im Satz abbrach, seine Hand, die auf einem Knie unter ihrem Minirock ruhte, beiseiteschob, und wortlos unter den Kastanienbäumen verschwand, die die Allee säumten, die zur Straßenbahnhaltestelle führte. Sein Bedauern ruhte auf ihrem wirren dunklen Haar und ihrer zarten Gestalt. Das Bedürfnis, dass sie sich noch einmal umdrehte, war aber längst nicht mehr so groß wie damals im Hörsaal, als sie das leichte weiße Sommerkleid trug.

***

Die letzten Semesterferien vor dem Examen wollte Friedhelm nun mehr einer Bewegung im Räumlichen widmen als weiteren unkalkulierbaren Abenteuern mit Stirn und Augen oder anderen körperlichen oder seelischen Unwägbarkeiten. Er dachte, er könnte es vermeiden, bei kurzfristigen Bekanntschaften beim Trampen durch Frankreich und Spanien oder beim Wandern über die staubbedeckte kastilische Hochebene und die

unwirtlichen Schluchten von Las Hurdes allzu sehr seine Stirn und seine Augen zu entblößen. Dass er zusätzlich sein Gesicht mit einem dunklen Bart zuwachsen ließ und sein Display von oben mit einem riesigen Strohhut verdeckte, führte allerdings dazu, dass er von den schwarzgekleideten Wächtern des Franco-Regimes misstrauisch angehalten, kontrolliert und als potenzieller Terrorist verdächtigt wurde.

Eben dies und seine in stockendem Spanisch vorgetragenen Erzählungen darüber aber versetzten die stolze Juana in die Lage, einen Text auf seiner Stirn zu lesen, der etwas länger war als üblich, für sie aber gerade deswegen ausreichte, um ihn in lange Gespräche am Strand zu verwickeln und ihn dazu zu bewegen, sich neben ihr und ihren Freundinnen im grobkörnigen Sand niederzulassen. Musste dieser Fremde nicht etwas ganz Besonderes sein, wo er aus diesem Land stammte, aus dem die tiefgründige Musik von Beethoven und Wagner und kühne Philosophen stammten, ein Fremder, der nun Dörfer in ihrem eigenen Land kennengelernt hatte, in die sie sich selber und ihre Freunde nie gewagt hätten, Dörfer ohne Licht und Wasser, und der mit der Guardia Civil umgesprungen war, als könnten ihn keine Strafe und kein Gefängnis von seinen abenteuerlichen Zielen abhalten? Und dann war er noch vorgestern mit den ölverschmierten Fischern des Ortes in dunkler Frühe aufs Meer hinausgefahren, hatte sich von der Tinte eines Oktopus bespritzen lassen und sich anschließend

zusammen mit den Männern mit den harten Händen und den weichen Herzen Kehle und Seele mit sauersüßer Sidra ausgespült, bis ihm schlecht wurde. Sie ließ sich nicht ausreden, dass das etwas mit dem Übermenschentum von Nietzsche zu tun habe, auch nicht, als Friedhelm geduldig versuchte, ihr dessen Einfluss auf die Nazizeit zu erklären, während ihn schon ihre drahtige stolze Gestalt mit der länglichen Nase, dem schlanken Hals und dem aus Protest kurzgeschnittenen schwarzen Haar, vor allem aber ihre fast herrischen Handbewegungen in den Bann geschlagen hatten.

Fasziniert schaute er in ihr stolzes und eigenwilliges Gesicht, wenn sie in dem Konzert im Kulturhaus des Fischerstädtchens von dem unbeugsamen Seelenadel in der klassischen spanischen Musik schwärmte oder im Kino, während sie geräuschvoll Unmengen von Popcorn in ihr hübsches Mäulchen stopfte, den Film „Die Meuterei auf der Bounty" als Vorübung für den bevorstehenden Umsturz des Francoregimes ansah, der es ihr ermöglichen würde, endlich ihren faschistischen Vater zu beseitigen und mit Patronengurten um den Bauch in einer mexikanischen Guerillagruppe zu kämpfen, um nach dem blutigen Sieg ihr Leben auf einer paradiesischen Insel bei Tahiti auf farbenfrohen Leinwänden zu verewigen.

An einem Abend der Fiesta, die kein Ende zu nehmen schien, tanzte er zu Dudelsackklängen und ekstatischen Gesängen mit ihr zwischen den

Wiesenbäumen an der Wallfahrtskapelle, und seine Seligkeit wurde nur leicht irritiert, wenn sie mal einen französischen Ingenieur in der dunklen Menge suchte, dann einen englischen Journalisten und dann einen spanischen Studenten aus Salamanca. Er hatte das Gefühl, dass sich ihre kurzen Abwesenheiten immer dann als notwendig erwiesen, wenn er meinte, den jeweiligen Tanz nicht zufriedenstellend bewerkstelligt zu haben, nicht ausreichend elegant oder rhythmisch. Hockten sie mit ihren Freunden zusammen auf dem Boden oder auf den langen Holzbänken und ließen hinter ihren Rücken von hoch oben unter lautem Gejohle und Gelächter die Sidra in die breiten Gläser plätschern, so sangen sie mit Begeisterung die gefühlvollen asturianischen Lieder, wobei ihm nie klar wurde, ob es sich mehr um ätzende Ironie oder mehr um fanatische Heimatliebe handelte.

Erstaunlicherweise durfte Friedhelm sich schon einen Tag später einem familiären Aufnahmetest unterziehen, als dessen strenge Juroren zwei verknöchert-aristokratische Tanten dienten. Seine sprachliche Unbeholfenheit, gepaart mit einem Charme, dessen soziale Herkunft sie sich nicht erklären konnten, waren offensichtlich in der Lage, ihn nicht gleich durchfallen zu lassen, obwohl er wie seit fünf Wochen die nun nicht mehr ganz helle Leinenhose trug, von der er nicht ahnte, wie sie roch, und obwohl er beim ungeschickten Entgräten des Fischs zugab, noch nie frischen Fisch genossen zu haben. Da er diesen aber gleichzei-

tig über den Klee lobte, hielt man seine an und für sich undiskutable Erscheinung für eine Auswirkung seines Exotentums und einer besonders exzentrischen Art, gab ihm lediglich den Rat, wenn er nächstes Jahr zurückkehrte, dies in einem eigenen Wagen und rasiert zu tun, wie es sich gehörte. Dieser Rat erfolgte konsequenterweise erst, nachdem man ihn gefragt hatte, ob ihm Juana gefalle. Ihn stürzte diese Frage so sehr in Verlegenheit, dass er seine Antwort in ein falsches Zögern und eine unehrliche Belanglosigkeit kleidete, was sie zu seinen Gunsten als Seriosität auslegten.

Als sie am Abend in der Freundesrunde am knisternden Lagerfeuer am Strand hockten, zog Juana gegen ihren Vater so vom Leder, dass man meinen konnte, er sei der spanische Diktator persönlich. Dabei war er lediglich ein Abteilungsleiter der Zivilgarde und zudem im Augenblick in diesem friedlichen Ort an der Küste im Urlaub, wo er mit nichts als seinen diversen Angeln beschäftigt war. Friedhelm trug sich insgeheim schon mit revolutionären Befreiungsplänen, von denen er ahnte, dass Juana sie voraussetzte und gefühlsmäßig in das gemeinsame Singen der patriotischen Heimatlieder tauchte.

Und dann passierte wieder das, was ihm schon immer passiert war. In seinem Display, das matt von den tanzenden Flammen beleuchtet war, erschien Juana ein Text, mit dem sie nicht gerechnet hatte, und der ihr unmissverständlich zu

sagen schien, dass sie sich auf dem Fuße umdrehen und sich angewidert von ihm abwenden müsse. Jeder hatte in dem Kreis, in dem sie saßen, schon einmal die Gitarre in die Hand genommen und unter dem Beifall der anderen ein Lied zum Besten gegeben. Nun wurde Friedhelm gefragt, ob er vielleicht ein mexikanisches Revolutionslied singen könne, vielleicht weil sie meinten, das gehöre zu seinem struppigen Bart und seiner Vagantenerscheinung dazu. Er verneinte die Frage, doch seine Ankündigung eines typisch deutschen Liedes wurde mit Begeisterung aufgenommen. Dann ließ er es still werden und sang mit gefühlvoller Stimme „Der Mond ist aufgegangen" mit dem Text von Matthias Claudius in seiner naiven Unschuld und Romantik. Als er aufhörte mit diesem Lied, das absolut nichts mit gesellschaftlichen Umstürzen und auch nichts mit erregenden exotischen Welten zu tun hatte, klatschte zunächst eine einzige Person: die stille zarte Marta mit den blonden Haaren, die ihn schon seit Tagen unverwandt angeschaut hatte. Die anderen setzten ihr munteres Geschwätz fort, während Juana mit einem Ruck aufstand und in der Dunkelheit verschwand. Friedhelm wusste, dass es keinen Sinn hatte, Juana zu folgen. Sie wollte allein sein, aber nicht mit ihm zusammen allein. Zweisamkeit wurde ja auch in den vergangenen Tagen durch die lärmende Gesellschaft immer verhindert. Selbst als sie in den Apfelplantagen unterwegs waren, wo er kurz davor stand, ihr seine Liebe zu gestehen, turnten oberhalb ihre Geschwister zwischen den Obstbäumen herum, um

applaudierend über sie herfallen zu können, wenn es zu einem Kuss gekommen wäre.

Beim Tanz am nächsten Abend schob ihm Juana, ehe er es sich versah, die sanfte Marta mit ihren flachen blauen Leinenschuhen unter, die von einer engelgleichen Leichtigkeit war, während Juana selber den ganzen Abend mit dem französischen Ingenieur herumhüpfte, von dem Friedhelm später, als er noch einmal in das Hafenstädtchen kam, hörte, dass sie mit ihm nach Tahiti verschwunden war. Juanas Vater, der noch ruhiger als früher geworden war, erzählte außerdem, dass Juanas Mutter an einer Fischvergiftung gestorben sei. Die Geschwister waren in alle Welt zerstoben.

***

„Dich habe ich ja noch nie gesehen", rief Friedhelm erstaunt aus, als er der langjährigen Kollegin ins braungebrannte Gesicht blickte.
„Ich trug ja auch immer eine Tarnkappe", kam es aus ihren blutvollen lächelnden Lippen.
„Das sieht man diesem freiheitlichen Haarbusch gar nicht an."
„Mein Verlobter sieht das ganz anders." Ihre klingende Stimme nahm nun einen Klang an, als wolle sie ihm mit ihrer handlichen Hand eine freundliche Ohrfeige versetzen.
„Verlobungen sind doch längst aus der Mode."
„Brillen und Halbglatzen auch."
„Innere Werte sind neuerdings in."

„Um sie zu finden, muss man oft weit in der Welt herumreisen."

„Warum denn in die Ferne schweifen? Sieh, das Schöne liegt so nah."

„Die Fahrtrichtung ist eigentlich da vorne. Wer das nicht beachtet, kann sich leicht einen schiefen Hals holen. Und dann ist es mit Schönheit endgültig vorbei."

Sie hielt ihre Hände wie zur Verteidigung ihm entgegen, um den Metallgriff geklammert, der aus den Polstern des Busses ragte, in dem sie und die anderen Kollegen, die sie längst vergessen hatten, während des Betriebsausfllugs an den trutzigen oder zerstörten Burgen des Mittelrheins vorbeischaukelten.

Dieses Mal hatte Friedhelm das Display zuerst gesehen, auf dieser trotzigen Stirn und diesen Augen, die das Glück auch in einer weiten Ferne noch festhielten. Vor allem aber diese Lippen, die nichts als Gegenwart versprachen, wenn auch von einem kleinen Spott gewürzt. Er dachte überhaupt nicht an sein eigenes Display, von dem er gewohnt war, dass es stets zuerst entziffert wurde. Aber an diesem Tag, an dem am Abend ein orangefarbener Vollmond aufzog, war alles anders als sonst.

So kam es nun zu bedenkenlosen Einladungen zwischen zwei Vollmonden. Auf einer Wanderung über sanfte Hügel und durch erstaunlich tief eingeschnittene Bachtäler entdeckte er die Weichheit und die Kraft weiblicher Waden und ahnte die

Lust, die sich in dunklen Abgründen verbirgt. Es beglückte ihn, dass nicht nur er beim ausgiebigen Schwimmen die unscharfen Ränder von verbotenen Kiesgruben dem glatten Beton der offiziellen Schwimmbäder vorzog. Und dass eine durchtanzte Nacht auch möglich war, wenn einem lange blonde statt schwarzer Haare ins Gesicht wehten, erstaunte ihn zutiefst. Ebenso, dass nun der helle Tag und die Konturen der Dinge im Sonnenschein sein Bewusstsein bestimmten.

Umso seltsamer empfand er die Begegnung im Nebel beim zweiten Vollmond, als er Freia unvermutet in einem Park der Großstadt vor sich auftauchen sah, wo sie auf dem Weg von einem Italienischkurs zur Straßenbahn war. In diesem Moment musste sie etwas in seinem Display gelesen haben, was sie zu dem Entschluss veranlasste, ihre Verlobung mit ihrem italienischen Freund zu lösen. Friedhelm sah nun auch deutlich eine Veränderung in ihrem Display, die ihm den Mut zu der Verrücktheit gab, sie zu einem Hähnchenessen im Wienerwald einzuladen, wo sie sich mit fettigen Fingern lange in die Augen schauten, völlig grundlos in Lachen ausbrachen und schon gleich danach mit den gleichen Fingern auf dem Heimweg um die Hüfte fassten, um atemlos in einer Abschiedsszene vor ihrer Haustür zu landen, die erst im Morgengrauen enden sollte, und wo sich ihre Displays auf ihre hungrigen Lippen und ihre indiskreten Zungen verlagerten.

In Zukunft wurden ihre Displays zahlreicher und weniger wählerisch, was den Körperteil anging, in dem sie sich manifestierten. Allerdings gab es auch Zeiten, in denen sie undeutlich oder sogar vergessen wurden. Sie erloschen jedoch nie. Im Gegenteil wurden die Texte, die sie spiegelten, so umfangreich, dass sie oft lange Stunden an kretischen Stränden, auf Wanderungen an der Ardeche oder einfach beim Frühstück damit verbrachten, sie zu lesen und zu ordnen. Dann erzählten sie sich ihre Träume von Lust und Rausch und Fremde, diskutierten über Afghanistan, das Zweite Vatikanische Konzil und die Unsterblichkeit der Seele und litten gemeinsam an den Albträumen, die sie manchmal heimsuchten.

AF188107